004 프로젝트 진심
우린 마음으로 통해

With you, whom I love.

우리의 기록을 담아.

김가빈 외 9인 지음

우린 마음으로 통해

이 세상의 모든 동물들과,

그들과 함께 살아가는

모든 사람들에게 이 책을 바칩니다.

본 책의 모든 판매 수익금은

유기견 쉼터 <콜리네 천사들>에 기부됩니다.

Contents

김가빈 X 모찌

보석 같은 눈엔 보여줄 것이 많고
촉촉한 까만 코엔 향기만 맡게 할 거다.

모찌

X

김가빈

Instagram : @angzzi

잘 지내다가도 불쑥불쑥 찾아오는 우울감에 불행했었다.

그러나 지금은 내 가족 모찌를 만나

매일 행복한 길을 걸어가는 중이다.

1장

　다들 어렸을 때 그런 기억 하나쯤은 있을 것이다. 개나 고양이를 키우고 싶다고 누군가를 졸라대는 자신의 어린 모습. 나 역시 그랬다. 털이 복슬복슬한 강아지와 살고 싶었다. 하지만 집안의 실세, 엄마의 결사반대로 포기. 때문에 어린시절은 귀여운 동물이 아닌 징그러운 남동생과의 추억만이 자리잡고 있다,

　부모님께 강아지를 거절당할 때마다 혼자 사는 멋진 어른이 되면 꼭 강아지를 키우고말리라..! 막연한 다짐을 하곤 했다. 그 다짐은 2015년, 그러니까 내 나이 22살. 가장 좋아하는 계절, 어느 가을날 이루어졌다. 뭐 물론 22살의 꼬맹이는 멋있지도, 혼자 살지도 않았지만 아무렴 어떤가. 강아지를 반대하는 사람이 없는데!

　20살 성인이 되자마자 독립을 했고, 친구와 지내던 어느 날. 그날도 별다를 건 없었다. 퇴근하고 캔맥주 하나 기울이며 이런저런 이야기 중 강아지 이야기가 나왔고 그렇게 입양을 알아보기 시작했다.

　지금이었다면 상상도 할 수 없겠지만 그 당시 나는 무지했다. 예쁜 인형들처럼 진열되어있는 곳에서 마음에 드는 강아지를 고르면 된다 생각했고 그대로 실행했다. 펫샵의 꼬물이들이 어디서 오는지, 입양... 아니 팔리지 못하면 어떻게 되는

지 몰랐던 나는 부끄럽게도 하나뿐인 작은 가족을 동물병원에서 사 왔다. 30cm 간당하게 넘을 것같은 크기, 복실복실한 새하얀 털, 거실에 내려놓자마자 앙앙거리며 돌아다니기 바쁜 동그런 궁둥이!

나와 친구는 그 작은 생명체를 모찌라고 부르기로 했다, 모찌! 말랑말랑한 궁둥이를 가진, 꼭 백설기에 검은콩 3개를 찍어놓은 것같이 생긴 강아지에게 이만큼 잘 어울리는 이름은 없었다.
그리고 그때 즈음 난 너무나도 갑작스럽게 우울증이 시작됐다. 이유 모를 불안감에 뜬눈으로 밤을 새고 온 신경이 곤두서있었다. 무언가 날 집어삼킬 것 같은 무서움에 괴로워했고 그때마다 내 팔 길이의 반도 안 되는 작은 생명체를 꼭 끌어안고 콩콩 뛰는 심장 소리에 안정을 찾았다.

끝나지 않을 것 같은 불안감에 허덕이던 나를 모찌가 지켜준 거다. 이 감사함을 너에게 어떻게 갚아야 할까.

2장

여자 둘이 살던 집에 강아지 한 마리 생기는 건데 뭐 그렇게 예전과 다를 것이 있을까 하는 생각은 오만이었다.

땅바닥에 뭐라도 흘리면 냉큼 주워 먹기 바쁘고 배변 훈련이 덜 되어 이리저리 오줌과 똥을 싸놓는 덕분에 1일 3청소는 기본이요, 이갈이를 위해 사놓은 장난감들은 거들떠보지도 않고 가방에 꼭꼭 숨겨둔 이어폰만 찾아 씹어대는 통에 그당시 사들인 이어폰 줄을 이어보면 아파트 10층이 뭐야 20층은 거뜬하리라….

월급의 5분의 1을 이어폰, 충전기를 사들이는데 날리는 것같아 울화가 치밀다가도 아무 데서나 배를 발라당 까고 자고 있는 모찌를 보면 그래… 마음에 드는 장난감을 아직 못 찾아준 내 잘못이지 하고 생각했던 것 같기도 하다.

그뿐만이 아니다. 휴일이면 침대에서 통 일어날 생각을 안했던 게으름뱅이를 자신의 밥시간에 맞춰 움직이게 했고 술좋아하고 사람 좋아하는 친구를 집순이로 만들었다.

여행? 휴가철에 남들처럼 산, 바다 들에서 뛰놀고 싶을 때면 '걸어서 세계 속으로'라는 프로그램을 틀어놓고 캔맥주를 마시며 맘을 달랬다.

물론, 그때마다 옆에서 잠자는 모찌 정수리 꼬순내도 한 번씩 맡아주면서. 그 작은 몸으로 나와 내 친구를 이렇게나 바꿔놓다니. 모찌는 마법견인가? 갑자기 창문에 호그와트 부엉이가 날아들어도 놀라지 않을 준비를 해야겠다.

한번은 이런 일도 있었다. 휴일을 만끽하고 있는데 어디선가 들려오는 불안한 쩝쩝 소리. 간식을 주지도 않았고 밥시간도 아니라 사료 그릇은 비어있는데 모찌는 뭘 저렇게 맛있게 쩝쩝거릴까?

여기까지 생각을 마친 나는 용수철처럼 침대 위에서 튀어올랐고 "모찌 안돼!"하고 방문을 연 순간 얼어버리고 말았다. 미슐랭 심사라도 보듯 맛있게 무언갈 음미하고 있는 모찌. 하얀색 털과는 상반되는 갈색 무언가. 우리 집에 저런 게 있던가? 저게 무엇일까? 입을 벌리려 모찌에게 한 발짝 더 다가간 순간 굳이 입을 벌리지 않아도 풍겨오는 냄새 덕에 쉽게 알아차리고 말았다.

아! 저건 모찌 응가구나~ 우리 모찌가 지금 응가를 먹고 있구나. 배부르고 등 따습게 키우기 위해 아침저녁마다 맛있는 사료를 주고 영양가 있는 간식을 챙겨주는 내 맘을 뒤로한 채 모찌는 지금 응가를 먹고 있구나...! 눈앞이 아득해졌다.

한동안 모찌 식분증을 고치기 위해 무던히도 노력했다. 배가 고픈가 싶어 사료양은 조금 더 늘리고 스트레스를 받나 싶어 놀아주는 시간도 더 늘렸다. 다 잠드는 새벽에 응가를 싸고 먹을까봐 모찌 화장실 옆에서 잠을 자기도 했다.

다행히도 착한 모찌는 우리의 정성을 알아준 것인지 금세 고
쳐줬고 난 침대에서 편하게 잠을 잘 수 있었다. 응가를 먹으면
어때. 아프지 말고 건강히만 자라줘.

3장

첫 산책 날이다. 모찌는 무럭무럭 자라 접종을 다 끝마쳤고 산책하러 나갈 수 있는 어엿한 초딩으로 성장했다.

"자 모찌야 가자~"

순간 하네스에 연결되어있는 리드줄이 팽팽하게 당겨졌다. 즐겁게 내 뒤를 따라올 것만 같았던 모찌는 어리둥절한 표정으로 배를 땅바닥에 찰싹 붙이고 날 올려다보고 있었다.

어 이게 아닌데. 좋다고 달려 다닐 줄 알았는데. 모찌야 너 집에서는 잘만 뛰어다니잖아! 자, 뛰자! 뛰어보자! 내 말을 알아들을 리 없는 모찌는 겁을 먹고 여전히 땅과 한 몸이 된 채 움직일 생각이 없었고 그렇게 첫 산책은 허무하게 막을 내렸다.

그때의 나는 혼자 집 앞 편의점에 가는 것도 버거웠다. 누군가 나를 해칠 것 같고 길 위의 사람들이 다 나를 비웃는 것 같았다. 원래였다면 아마 집에 꼼짝없이 틀어박혔겠지만, 이젠 아니다. 책임질 가족이 있고 나 때문에 바깥공기를 그리워하게 될 거라 생각하니 그건 죽기보다 싫어 얼레벌레 산책을 나서곤 했다.

처음엔 고개를 들고 걷는 게 힘들어 모찌 엉덩이만 쳐다보던 내가, 땅바닥에 배를 붙이고 한 걸음 내딛는 것도 무서워하던 모찌가, 우리는 점차 한발, 두발, 하루, 이틀. 풀냄새를 맡고 바람 내음을 느끼고. 어느새 동네 이곳저곳을 누비며 모든 것을 참견하는 참견쟁이가 되어있었다.

4 장

　일 때문에 이사를 해야 했다. 큰 문제는 모찌였다. 친구도 나도 모찌랑 같이 살고 싶어 했으니까.

　어쩌면 친구는 내가 불안했는지도 모른다. 그 당시 난 사소한 거에도 감정을 왕창 쏟고 힘들어했으니깐. 많은 이야기 끝에 모찌는 친구와 지내게 됐다.

　걱정은 없었다. 친구 역시 아주 좋은 보호자였으니까. 시간 날 때마다 와서 모찌랑 놀면 되니깐. 이러나저러나 슬펐다. 다른 거창한 표현 없이 그저 슬펐다.

　3년이 흘렀다. 그동안 병원에 다니며 다른 사람들과 별반 다를 것 없이 일상생활이 어느 정도 가능해졌다. 여유가 생기면 모찌와 여행을 다니고 주말엔 우리 집에 데려와 재우기도 했다. 모찌와 살고 싶었지만 나 자신을 돌볼 동안 친구 혼자 모찌를 돌본 거니까. 친구는 계속해서 반대했고 나도 내 욕심을 굽혔다.

　그날도 모찌를 데리고 산책을 하러 가는 중이었다. 모찌의 걸음걸이가 이상해 병원에 데려가 검사를 했고 뒷다리 슬개골 탈구 4기라는 진단을 받았다. 내가 사는 지역엔 수술할 수 있는 병원이 없었고 금액도 만만치 않았다. 친구는 금액을 부담스러워했고 여유가 있는 내가 데려가 케어하는 게 맞다고 판단. 난 그렇게 모찌와 다시 살게 됐다. 지금까지도.

아치며

나보다 한참이나 작은 강아지인데 참으로 대단하다.
살아갈 이유를 찾지 못해 방황하고 있는 나를 구원했고 보
살폈다.
이젠 내가 보답할 차례다.
보석 같은 눈엔 보여줄 것이 많고 촉촉한 까만 코엔 향기만
맡게 할 거다. 더 드넓은 세상을 달려 다니게 할 거고 나보다
더 사랑할 거다.

이젠
모찌가 없는 세상은 상상할 수가 없다.
오늘도 꼬옥 껴안고 자야지.

돼지&네롱&처음맘 X
돼지, 난이, 꼬맹, 네롱, 처음

정말로 처음이는 우리 집에 온 것이

너무나 행복하다고 얼굴에 쓰여있는 것 같다.

Writer

네롱 돼지

처음

✕

돼지&네롱&처음맘
· ·

현재 매력적이고 귀여운 3냥이를 키우고 있는 여집사예요.

3냥이들은 저에게 마음의 편안함을 주는 아이들이에요.

앞으로도 건강하게 행복하게

세상 끝날 날까지 함께 꽃길만 걸어가려고요.

〉매력적인 5마리 고양이들의 이야기

첫째, 돼지는 남편이 나와 결혼하기 전에 키웠던 고양이다. 남편과 오랜 시간을 보내다 보니 아빠집사 밖에 모른다. 출근할 때면 꼬리 달린 쥐(장난감)를 물고 소리 내며 이곳저곳 다닌다. 돼지는 1살이 지나 남편이 인천 주안에서 데려왔다. 여기서 재밌는 점, 나는 인천에서 태어나 울산에서 살고 있는데 돼지를 데려온 지역이 나의 옛 거주지와 가까운 곳이었다.

돼지는 남편 집에 온 첫날부터 아주 피곤했는지, 함께 팔베개하고 코를 골며 잤다고 한다. 정말 돼지는 고양이라기보다 강아지라 할 수 있고, 남편에게는 진정으로 전형적인 개냥이같이 행동을 하는 것 같다.

네롱이와 처음이가 우리 집에 오기 전 난이와 꼬맹이라는 2마리의 치즈냥들도 있었지만, 불의의 사고로 하늘의 별이 되었다. 난이는 유일한 암컷 고양이에다 사람을 너무나 좋아해 손을 내밀면 핥아주는 예쁜 고양이였다.

꼬맹이는 어릴 적 우리 집에 왔는데 돼지가 꼬맹이를 아이 돌보듯 잘 챙겨주었다. 꼬맹이가 하늘의 별이 되고 나서는 돼지의 울음이 잦아졌는데, 꼬맹이를 찾는듯한 마음이 강해져서 그런 것 같기도 하다.

난이와 꼬맹이를 떠나보낸 후에 돼지가 외로워 보이기도 했고, 나도 까만 새끼고양이를 키워보고픈 마음이 들어 동물병원에서 새 길고양이를 입양하게 되었다. 간호사 선생님께서는 이 아이가 다른 아이들의 밥도 잘 뺏어먹는다고 하셨다.

 내가 밥을 먹을 때면, 이 아이가 계속 식탁 위로 올라오는 바람에 나는 한 손으로 밥을 먹고, 다른 한 손으로는 이 아이를 바닥에 내려보내기 일쑤였다. 이 아이의 이름은 네롱이가 되었다. 얼굴과 눈이 큰, 동그랗고 잘생긴 아기 고양이.

 어린 네롱이는 에너지가 넘쳐 활발하다 보니, 에어컨 위로 올라가는 행동을 보이기도 했다. 말썽쟁이 네롱이!

 사실, 네롱이의 원래 이름은 네로였다. 네로라는 이름을 부르다 보니 네롱이라는 이름이 더욱 귀엽게 느껴져 네로는 곧 네롱이가 되었다.

 네롱이는 메롱도 잘하고, 어렸을 때 엄마와 일찍 헤어졌던 기억이 남아있는지 이불을 물고, 꾹꾹이를 한다. 어떤 날엔 거울에 비친 제 모습을 보고 '깍' 하며 대답하고~ 네롱이는 어렸을 때부터 사람 말에 대답하는 고양이로 키웠다. 옆집의 다른 사람이 불러도 네롱이는 '깍'하면서 대답해주고, 네롱이에게 '깍' 이리 대답하라 시켜서 그런지 '야옹'이라는 소리를 못내는 것 같다.

 하지만 네롱이는 개성 있고 멋있다. 털이 정말 보드라운 아이라서 나는 '최고급 밍크털'이라고도 한다. 네롱이는 어렸을 때부터 만져 주는 것을 워낙 좋아하지 않아서 어렸을 땐 도망다니는 네롱이를 쫓아가면서 만진 적이 있다.

지금은 그것 또한 놀이로 생각하며 즐기는 것 같다.

2마리의 검은 고양이를 키우다가 언제부터인가 샴 고양이를 키우고 싶어져 남편과 울산 근교에서 1살이 넘은 수컷 샴 고양이를 데려왔다. 샴 고양이가 우리 집에 오기 전부터 '처음'이라는 이름을 지어놓았었다. 그런데 처음이의 첫인상은 겁에 질린 듯한 마음이 무척이나 불편해 보이는 얼굴이었다.

아마도 전 주인과 어떠한 문제가 있지 않았을까 싶다. 다섯 고양이를 키우며 발톱깎이를 그렇게나 무서워하는 고양이는 처음 봤기 때문이다. 데려온 당시에 처음이의 발톱이 무척이나 길어 넥카라를 씌우고 발톱을 겨우 깎았던 기억이 난다.

그리고 당일 동물병원에 가 진료를 보았다, 다행히 몸은 건강하고 수의사 선생님께선 처음이가 착한 고양이라 하셨다. 단, 살이 찔 수 있으니 체중조절이 필요하다는 말씀을 하셨다.

처음이를 데려온 3일간 나는 다른 방에 가 처음이와 함께 잤다. 하루 정도는 처음이가 화장실에서 나오지 않다, 일어나보니 사료가 바닥에 흘려져 있었다. 장난감을 주니 물고, 빨고... 얼굴이 편안해 보였다. 이틀째부터 내가 '처음아'하고 불러주니 '앙' 예쁘게 대답하고, 나의 손길을 받아주더라.

4일째 되는 날 돼지, 네롱이와 합사를 시도했다. 둘째 네롱이가 처음이를 받아들이는 건 시간이 좀 걸렸다. 아무래도 네롱이가 엄마 집사를 뺏긴 기분이 들었겠지? 하지만 지금은 3냥이들 모두 행복하게 잘 지내고 있다. 네롱이에게 '이젠 우리

가족이니 받아들이자'고 계속 이야기했기에. 이 집의 진정한 대장은 부드러운 카리스마, 착한 고양이 돼지니까.

처음이가 처음 온 날부터 며칠간 나와 함께 잠잤던 기억이 있어서인지 처음이는 점점 나를 더 따르고 마치 아들 같은 딸처럼 나를 보살펴주고 지켜주고 있었다.

당시 나는 코로나 예방접종을 하고 무척이나 힘들었는데 혼자 집에 있어야 했다. 정말 신기하게도 내가 열이 떨어지면 처음이가 '앙' 하면서 내게 괜찮냐고 물어보는 것 같았다. 그땐 처음이에게 정말 고마워서 '처음아 사랑해'라고 말했다.

최근에는 자격증 시험으로 인해 밤을 새우며 공부를 하는데 나의 몸이 아주 힘든걸 아는지 처음이는 마치 그만하라는 듯 책상에 올라와 방해하기도 했다. 처음이가 나를 걱정해주고 돌봐주었다는 것에 대해 감동의 눈물이 났다. 내 몸이 아플 땐 그 부위에는 전혀 올라오지 않거나 곁에 오지도 않는다. 나의 컨디션이 조금 나아진 것 같이 보이면 따뜻한 체온으로 나를 편안하게 해주고.

처음이는 내가 화장실에 갈 때마다 쫓아 들어온다. 정말로 처음이는 우리 집에 온 것이 너무나 행복하다고 얼굴에 쓰여 있는 것 같다. 예전의 처음이 모습과 지금의 모습을 비교해 본다면 털 색, 표정, 몸매 모두 달라졌다.

처음이의 전 주인이 지어준 옛 이름은 '간지'였다. 혹시나 하는 마음에 처음이에게 '간지'라는 이름을 불러본 적이 있는데 나를 쳐다보지도 않고 고개를 돌리며 슬픈 표정을 지었다. '아마도 전 집사님께서 처음이를 이뻐하지 않고, 학대나 방임을 하지는 않았을까?' 하는 마음에 처음이가 나쁜 기억을 잊을 수 있도록 나는 처음이에게 더 많은 사랑을 주고 있다. 지금도 전 남자 집사에 대한 안 좋은 기억 때문인지 남자를 무서워한다. 그래도 예전에 비해선 정말로 많이 마음이 편해진 것 같았다.

정말 나에게는 처음이가 '치료묘'이자 아들 같은 딸!
든든한 지원군이라는 생각이 든다.
착한 남편, 그리고 3마리의 고양이들과 평화롭고 즐겁게 지내며
나는 제2의 꿈을 꾼다.
나는 전직 피아노 강사였지만
제2의 꿈은 반려동물 상담사&마음 힐링 상담사다.

-

이 글을 읽으시는 모든 분께 행복과 행운이 가득하시길 두 손 모아 기도합니다.

두나 X 코미

자기를 아프게 하는 사람 임에도

날 너무나 사랑해서, 믿고 몸을 맡겼던 신뢰가,

그 작은 몸에 사랑이, 너무나 크게 다가왔다.

$$\boxed{\text{Writer}}$$

오이

X

두나
· · · · · · · · · ·
Instagram : @jodoona
본캐는 주부, 부캐는 임상병리사
꽃과 동물과 커피를 사랑하는 사람
사랑히 여기는 이야기를 적어요.

여름 새벽 🐶

어느 초여름날 새벽이었다. 무더운 더위가 기승을 부리기 시작할 무렵 나는 거실 소파에 늘어져서 곤히 잠들어 있다. 이내 바닥에서 울리는 진동 소리에 놀라 벌떡 일어났다. 거슬리도록 웅웅대는 진동을 애써 무시하며 찌푸린 실눈으로 발신인을 확인했다. 큰 언니였다. 새벽 두 시에 어쩐 일로 연락을 했을까 싶어 통화 버튼을 누르는 그 짧은 찰나 오만가지 상상 회로가 가동됐다. 갑자기 부산에 지진이 났나? 자주 체하는 언니였기에 응급실을 갔나? 엉뚱한 생각들은 꼬리에 꼬리를 물고 이어졌다.

"언니야, 왜?"
"두나야,"

수화기 너머로 응답해오는 목소리는 이미 한바탕 울음을 터트린 듯 엉망이었다. 큰언니의 목소리가 귓등에서 울려 들려왔다. 맥이 쭉 빠지는 기분이었다. 나는 원체 겁이 많았다. 작은 자극에도 심장이 벌렁거리고 귓가에서 잉잉거리는 소리가 날 정도로 간이 작은 편이었다. 큰언니의 뭉그러진 말소리로는 도저히 그녀의 의중을 알아챌 수가 없었다. 다음 대답을 기다리는 그 짧은 찰나 머리가 핑 해왔다.

"코미가.. 지금 의식이 없고 많이 안 좋거든. 지금 데리러 갈게."

나는 결혼 후 신혼집을 울산에서 구해 타지에서 지내고 있었
는데 장롱면허라 운전을 못해 이 와중에 날 데리러 울산까지 온
다고 했다. 상황을 전해주는 언니도, 전해 듣는 나도 이 통화를
어서 끝내고 싶었을 거다. 핸드폰 액정마저 소등되고 앞도 분
간하기 힘든 어둠이 내려앉은 거실 소파에 앉으며 동시에 오른
손으로 입을 틀어막았다.

한참을 멍하니 앉아 있었다. 나는 불현듯 어릴 적 코피를 흘렸
을 때 코 뒤로 넘어가는 뜨끈한 핏덩어리들이 목구멍으로 넘어
가는 듯한 불쾌하고 선명한 느낌이 들었다. 주변이 어찌나 고
요한지 베란다 밖 너머로 매미와 풀벌레가 우는소리가 신경질
적으로 귀에 꽂혔다.

코미가 죽는다.

반려동물을 키우면서 행복한 순간마다 늘 따라오는 전제이
지만 늘 지금은 아니라는 합리화로 애써 떨쳐내었던 트적지근
한 생각은 그 여름날 새벽 현실이 되었다. 옷장에서 입고 갈 옷
을 주섬주섬 찾아 입고도 언니들이 울산에 도착할 때까지는 시
간이 남아 거실을 서성거리며 불안한 감정을 온몸으로 표출했
다. 이내 두어 발짝 떼었다가 다시 소파에 몸을 던지다시피 앉
았다. 집 앞으로 도착한 차에 몸을 싣고 부산으로 향하는 순간
에도 피부로 닿는 실감은 안 났던 것 같다. 그저, 그저 멍할 뿐.
팔에 오소소 닭살이 돋을 정도로 서늘한 에어컨 공기가 가득한
차 안에서도, 창문 밖으로 지나치는 은은한 가로등 불빛이나 가
끔 훌쩍이는 소리가 들리는 게 다였다.

너는 그랬어 🐶

 나이가 들면서 코미는 병원에 가는 주기가 짧아졌다. 달마다 심장약을 타러 갈 때를 제외하더라도 병원을 방문하는 횟수가 부쩍 늘었다. 날씨가 차가워지거나 계절이 바뀌면 기침을 자주 하고 한 번은 경련을 일으키며 의식을 잃을 때도 생겼다. 자주 가던 단골 동물 병원은 24시간 운영되는 동물 병원이 아니라 동래에 있는 큰 병원으로 갔다. 새벽녘이라 주차장은 한산했다. 주차장에서 병원 입구까지 걷는 동안 내 다리가 내 다리가 아닌 것만 같았다. 자유의지로 움직이는 다리가 금방이라도 힘이 풀려 주저앉을 것처럼 무지근했다. 엄마와 언니들, 그리고 나는 병원 입구 쪽에 기다랗게 마련된 의자를 두고 굳이 서 있었다. 내가 도착하자 의사는 기다렸다는 듯 우리를 입원실로 안내했다. 앙상하고 작은 몸에 링거가 달리고 산소를 공급할 수 있는 장치를 입에 달고 있었다. 차를 타고 오며 내내 준비하고 기다리는 자세였건만. 하고 싶은 말은 너무 많았는데 막상 그 상황에 닥치고 보니 하려던 말들이 입속말로 안에서 뭉그러졌다. 내가 입원실로 들어서자 아이는 정체 모를 앓는 소리를 기계적으로 반복해서 내기 시작했다. 의식이 있는 것인지, 죽음의 문턱에서 인사를 하고 있는 것인지, 그저 한 발짝 떨어진 문턱에 서서 그 장면만 멍하니 바라보았다. 타이밍이 기묘하게도 내가 도착하자마자 그런 소리를 내서 의아함과 동시에 눈물이 났다. 누군가 억지로 입을 벌리고 모래를 잔뜩 집어넣은 것처럼 입안이 꺼끌거리고 썼다. 나는 믿기지 않는 광경을 목도하고는 볼 위로 마르게 퍼석이던 눈물 자국들이 다시 젖어 들어가는 것을 느꼈다. 흐느낌이 왈칵 터졌다.

우리는 삽시간에 다시 눈물바다가 되었다. 우리가 얼마나 슬퍼했는지 당직 수의사 선생님과 간호사 선생님은 착잡한 표정으로 수초 수분을 말없이 기다려주셨다. 온몸의 열기가 두 배는 뜨거워졌다. 눈가와 얼굴이 후끈거리고 피부로 쿵쿵거리는 심장소리가 느껴졌다. 요란하던 울음이 잦아들고 잠깐 진정이 되었을 때야 지금 아이가 어떠한 상황인지 알려주셨다.

"지금 퇴원을 하고 집으로 데려가서 의식을 찾는다고 해도 그 이후는 장담할 수 없습니다. 의식이 돌아올지 아닐지도 확신할 수 없고요."

낭패감이 몰려왔다. 이 상황에선 어떻게 해야 하는지 나보다 훨씬 오래 산 엄마조차 모르는 것 같았다. 이렇게 긴 세월을 함께했는데, 작별 인사 정도는 해야 하지 않겠는가. 단 5분, 아니 1분 만이라도 아이가 눈을 떠서 의식을 차릴 수만 있다면 해주고 싶은 온갖 말들이 머릿속을 유영하며 떠다녔다. 편두통이 오려는지 눈가가 시큰거리고 귓가의 자극이 요란하게 들렸다.

"혹시 의식이 돌아오면 아이가 고통스러울까요?"

아이든, 어른이든, 사람이면 아프면 아프다고 어떻게든 표현할 수 있지만 자신이 얼마나 아프고 고통스러운지 표현을 못하니 우리가 생명선을 억지로 이어 붙이고 있는 것인가 하는 죄책감이 들었다. 원치 않는 고통을 느끼며 아등바등 생사를 오가고 있을까. 가슴이 답답해 왔다. 곧 따라오는 의사분의 대답이 들려오기 전까지만 해도 실낱같은 희망이라도 있다면 어떤 노력이라도 하리라. 알량한 이기심으로 녀석의 의식을 차리게 만들 의지는 확고했다.

"급성신부전으로 인해 여기저기 합병증이 나타난 것으로 보입니다. 뇌도 부어있고 그래서 의식이 없고요. 의식이 돌아오긴 힘들겠지만 아마 깨어나도 엄청나게 고통스러울 것입니다."

아, 하는 표정이 얼굴에 그대로 떠올랐다. 불의의 타격을 입은 셈이었다. 중지 손톱 옆 거스러미가 신경 쓰여 참을 수가 없었다. 황망한 마음이 들어 적당히 대답할 말 한마디를 찾을 수가 없었다. 가족끼리 대화를 많이 해보셔야 할 것 같다고 하셨다. 한숨을 뱉다가 빳빳하게 경련이 일어난 볼에 막혀 시원하게 나오다 막혔다. 나는 더 이상 녀석이 아픈 걸 원치 않았다.

언젠가부터 아이는 나이가 들면서 관절이 약해져 5센티 남짓한 욕실 문턱에도 자주 미끄러졌다. 힘이 없어 제대로 딛지 못한 탓이다. 방금 목욕을 한 코미는 온 방을 뛰어다니며 이불에서 뒹굴며 뽀얘진 얼굴로 간식을 먹다 늘어지게 잠이 들곤 했다. 하지만 목욕을 시켜도 금세 털이 꼬질꼬질한 느낌이 들었다. 잠이 많아지고 밥을 잘 못 먹었다.

사료를 불려주지 않으면 소화가 안 되는지 토를 하곤 했다. 유난히 잠자리를 가리게 되었고, 같은 자리를 뱅뱅 돌기도 하고, 계속해서 먹을 것에 집착하는 치매 같은 증상을 보였다. 한때는 이런 일도 있었다.

오랜만에 친정을 방문해서 반가운 마음에 녀석을 안으려고 했는데 내 손가락이 보드라운 털에 닿자마자 고막이 찢어져라 깨갱깨갱 울었다. 어찌나 요란했는지 귓바퀴가 시큰거릴 정도였다. 어색하고 무안한 표정이 삽시간에 가라앉고 걱정과 근심으로 바뀌는 순간 아이는 예민한 얼굴로 자기 쿠션 방석에 더욱 몸을 묻었다.

"어디 아픈 거 아냐?"

나이가 많으니까 어딘가 아플 수도 있겠지. 티비 소리에 묻혀 내 걱정은 파스스 흩어졌다. 내 속의 또 다른 내가 자답했다. 내가 듣고 싶은 대답은 뭘까. 그래도 괜찮다고, 일까. 아둔히 멀어지는 속마음의 대답은 어느새 아직은 아니라고 말했다. 내 눈은 아이에게 묻고 있었다. 뭐가 문제니? 역시나 대답은 없었다.

우리는 다시 병원 로비의 구석에 설치된 기다란 의자 주변에 멍하니 서 있다. 나는 우리의 욕심 때문에 아이가 아프지 않은 게 더 중요한 것 같다고 말했고 모두 동의했다.

　우리는 가족이었다. 나의 수줍음 많고 자신감 없던 학창 시절부터, 남자친구와 헤어지고 펑펑 울며 집으로 왔던 순간, 과제와 국가고시를 앞두고 벼랑 끝에 떠밀린 기분으로 하루하루를 보낼 때에도, 사랑하는 남편을 만나 결혼을 할 때에도 내 곁에 있었던 강아지였다. 몸에 좋은 영양제나 관절에 좋은 매트나 계단 같은 것들도 다 노견이 되었을 때나 해주었던 것들이지 썩 잘해주지도 못했다. 가끔은 산책하러 가는 길마저 귀찮아 나가고 싶어 어쩔 줄 모르는 너의 유순한 눈동자와 사랑스러운 몸짓을 애써 무시했다. 그러나 넌 언제나 내 곁에 있었지.

　애견숍에 미용을 맡기면 하루 종일 우울해하며 밥도 거부하고 혼자만의 시간을 보냈던 아이라 바리깡을 사서 집에서 털을 밀어줬는데, 몇 번 하다 보니 노하우가 생기더라. 초반엔 기술이 없어 종종 털을 바짝 깎거나 아프게 하는 경우가 있었는데, 꽥 소리를 지르다가도 이내 온순하게 미용을 받던 착한 아이였다. 자기를 아프게 하는 사람임에도 날 너무나 사랑해서, 믿고 몸을 맡겼던 신뢰가, 그 작은 몸에 사랑이, 너무나 크게 다가왔다.

　중고등학생을 지나 대학생이 되고 기숙사 생활을 하게 되면서 집에는 사람이 붙어있는 시간이 적어졌다. 각자의 삶에서 주어진 일에 온갖 진을 다 쏟으면서도 괜찮다는 말로 위안 삼으며 '미루기'를 시작했다. 가끔 오랜만에 본가에 온 나를, 그럼에도 나를, 미워하지 않고 그 작은 몸으로 할 수 있는 힘껏 반겨주는 날이면, 그래서 양심의 가책이 느껴지면, 그제서야 집 뒤편 공원으로 가서 한참을 뛰어놀게 했다. 뭐가 그렇게도 신이 나는지 공원에서 모이를 주워 먹는 비둘기한테도 뛰어갔다가, 풀냄새를 맡기도 하고, 지나가는 사람들에게 참견도 했다.

그 장면이 어제처럼 선명하다.

그러나 어느 순간 그렇게 좋아하는 산책을 나가도 힘에 부친 듯 색색거리며 가쁜 숨을 몰아쉬거나 안아달라고 보챘다. 그러면 뜨끈한 온기를 두 손 가득 안아 동네 몇 바퀴를 돌며 산책을 마무리하곤 했다. 매일 보는 지루한 풍경이 오늘은 그렇게도 색다른지 얼굴을 앞으로 쭉 빼곤 연신 코를 벌름거렸다. 그러면 나는 불편해진 자세를 바로 하느라 툴툴거리면서도 웃어버렸다. 돌이켜 생각해 보면 잘해준 기억들은 어디에도 남아있지 않고 못 해준 것들만 또렷하게 떠올라 마음이 지옥에 와있는 듯 고통스럽다.

엄마는 수의사분께 우리의 의견을 전달했고 우리에게 충분한 작별의 시간을 주셨다. 함께 했던 길고 긴 시간에 비해 턱

없이 부족한 이별을 후회 없이 치르게 할 고마운 배려였다. 온갖 기계들을 작은 몸에 달고 비명인지 이야기인지, 호흡인지도 모를 아이가 내뱉는 소리를 들으며 어둡고 거대한 굴에 빠지는 기분이 들었다. 내가 땅을 딛고 있는 이곳이 어딘지, 지금이 현재인지 상상인지 분간도 할 수 없는 소용돌이 같은 여러 감정들에 잠식되었다. 미안해, 사랑해, 다음 생에는 사람으로 태어나 꼭 다시 만나자고. 끊임없이 중얼거렸다. 울다가 보면 현실감각이 번뜩번뜩 꺼졌다 켜졌다. 어루만지는 등과 배는 아직도 온기가 느껴졌고 털도 보드라웠다. 링거줄과 산소 줄만 없으면 잠깐 너무 깊이 잠들어 잠꼬대를 하는 평온한 모습이었다. 머리로는 이해하고 있으나 실제로는 경험해 보지 못했던 순간이 눈앞에 닥치자 어찌할 방도가 없었다. 아프지 말아라... 그 순간 간절히 기도한 건 단 하나였다. 더 이상 아프지 마라. 어쩌면 간절히 살기를 바랐을 수도 있었던 아이의 마음은 무시된 채 우리의 결정은 지독히도 이기적이었던 셈이다.

절차는 간단했다. 종이에 깨알같이 쓰인 동의서에 사인을 했고 링거줄을 통해 주사를 놓았다. 머지않아 심장이 멎었다고 했다. 바로 한 발자국 앞에서 모든 걸 지켜보고 있던 우리는 코미에게서 눈을 떼지 못했다. 아이보리색의 곱실곱실 거리는 따스한 털도, 유순한 눈동자, 귀엽고 촉촉했던 코만큼 컸던 까만 눈동자는 이제 더 이상 뜨이지 않았다. 기계처럼 반복해서 내던 신음 소리도 곧 멎었다.

우리는 코미를 집으로 데려왔다. 반려동물을 키우지 않는 사람이 본다면 사체를 데려다 집으로 가는 뜨악스러울 광경이겠지만 바람에 날아갈까 햇볕에 부서질까 뜨끈한 눈길과 소중한 손길이었다. 집으로 돌아오는 차 유리창 너머로 잿빛 태양이 스며들어왔다. 후끈한 열기와 습기로 금세 바짓자락이 축축한 느낌이 드는, 여름에 바짝 다가선 느낌이었다. 차만 타면 유리창 밖을 구경하고 싶어 온 얼굴을 창밖으로 빼던 녀석이 떠올라 코끝이 쨍하게 시큰거렸다. 현관문을 통해 집으로 들어오니 훤히 들여다보이는 거실 모퉁이에 코미의 물그릇과 밥그릇이 보였다. 나는 필사적으로 못 본 척했다. 냉장고 옆 전자제품에서 뿜어내는 뜨끈한 열기 그곳에 언제나 놓여있던 쿠션이 있고, 그곳에 눕히니 나른하게 낮잠을 자는 것 같은 녀석이 보였다. 우리는 이윽고 말없이 거실에 펼쳐진 러그 모퉁이를 응시하다가, 부산스럽게 각자 할 일을 하다가, 완전한 마무리를 위해 준비하는 와중에도, 툭 치기만 하면 금방이라도 뻥하고 터져버릴 것 같은 위태로운 침묵 속에 있었다.

　병원에서 집으로 오는 길에 김해에 위치한 반려동물 장례식장에 전화를 걸었다. 언젠가 아이가 건강할 때 언니들과 먼 미래를 어렴풋이 걱정하며 이야기했던 곳이었다. 예약했던 시간에 맞춰 도착한 그곳은 짙은 안개가 낀 조용한 곳에 있었다. 잡초가 내 종아리 언저리까지 자란 주변을 무심히 둘러보다 다시 아이를 소중히 안고 건물로 들어섰다. 우리를 맞이하는 클래식한 음악 소리와 깨끗한 환경은 이상하게도 가족을 잃은

슬픈 사람들을 절실히 위로하는 느낌이었다. 상담을 받으면서 다른 건 제외하더라도 최고급 수의로 맞추는 데 모두 동의했다. 수의는 마치 새하얀 원피스 같은 느낌이었다.

　우리는 염습을 마치고 깨끗한 모습으로 수의를 입은 채 가만 누워있는 아이를 보았다. 나는 어찌할 바를 몰랐다. 목욕하고 개운한 모습으로 단잠에 빠진 평온한 모습이었다. 그저 신음 같은 울음을 토해냈다. 아니나 다를까, 심장 한켠이 찢어지는 고통을 느꼈다. 이후 화장하는 순간부터는 너무나 고통스러운 기억으로 남아 무의식의 기억으로 남아있다. 억지로 떠올리려 해도 잘 떠올려지지 않는다. 다만 기억에 남은 한 장면은 애써 입술을 오므려 붙이고 마지막으로 녀석의 얼굴을 연신 쓰다듬던 엄마의 모습이다.

너를 보내며 🐩

   시아버님의 감사한 배려로 어느 절에서 관리하는 나무 밑동에 화장한 아이를 뿌렸다. 정원의 많고 많은 나무 중에 유난히 눈에 띄었던 2단짜리 작은 소나무였다. 삐쭉삐쭉한 잎사귀마저 까칠하고 예민한 아이를 닮은 것 같다며 우스갯소리를 했다. 태양이 훤하게 들어와 눈이 부시는 정원 뒤로 길게 솟아 우거진 나무숲이 붉게 보였다. 축축한 습기를 머금은 그곳에선 어릴 적 친구들과 풀을 빻아 놀 때 맡았던 풀냄새가 자욱이 났다. 법당에서 틀어놓은 카세트테이프에서 금강경의 구절이 한량없이 느리게 들렸다.

   영원처럼 길었던 시간이 흘러 이제 녀석이 무지개다리로 떠난 지 2년째가 되었다. 처음 일주일 동안, 아니 두어 달간은 울다가 또 멍하니 보통날처럼 지내다가 또다시 울다가를 반복했다. 녀석의 물건들을 정리해서 버리고 쓸 만한 것들은 정리해서 유기견 보호소에 기부할 때도 자동 반사에 가깝게 눈물이 흘렀다. 눈에서 잔잔하게 흐른다는 표현보다는 쏟아낸다는 표현이 더 적당한 것 같았다.

   몸에 시멘트를 바르고 그대로 굳어버린 것 마냥 뻣뻣한 다리를 구부려 쪼그려 앉아 슬픔을 한참 토해내면 또 얼마간은 괜찮았다. 뜨끈한 전기장판에 있으면서도 추운 공기가 느껴지면 몸을 오돌오돌 떨던 자그마한 아이가 겨울이면 춥진 않을 까, 사회성이 없어 움직이는 생명체만 봤다 하면 깡깡 짖던 아이가 친구들과 못 어울리는 건 아닐까, 배부르게 밥은 잘 먹고 있을까, 우리는 무지개다리 너머 녀석의 안부가 노상 걱정이었다.

가족끼리의 저녁 식사 자리에서, 아빠의 생일잔치에서, 늘 언제나 시끄럽게 앙앙거렸던 앙칼진 목소리와 부산스러운 작은 몸짓이 없어 나간 자리가 높은 파도처럼 우리를 덮쳐왔다. 우리는 기분 좋게 밥을 먹다가도 목이 메어 큼큼거리다가 붉게 충혈된 눈을 가리려 급하게 눈을 내리깔았다. 그럼 또 빨갛게 익은 코와 눈두덩으로 쪼끄만 게 빈자리가 이렇게 크다며 헛헛하게 웃어 보였다.

나는 이제야 조금 괜찮은 것 같다. 별안간 느닷없이 선명한 꿈에서 아이를 만날 때면 울다가 벌떡 일어나 젖은 볼을 닦을 때, 아직도 품 안에서 느껴지는 복슬하고 따스한 온기가 생생할 때, 하루 종일 그 여운이 남아있긴 했지만. 어디 그뿐이겠는가.

동네의 강변길을 따라 걷다가 산책을 나온 작은 말티즈를 보고는 그 자리에서 엉엉 울었던 적도 있다. 하지만 그렇게 괜찮아졌다. 가끔 운전을 하다가 전면 유리창 너머로 새하얀 나비가 살랑살랑 아롱거리면 인사를 하러 온 건가 싶기도 하고,

절에 들러 녀석을 보고 내려오는 길, 뿌연 흙먼지 사이 돌 위로 내려앉은 이름 모를 새로 온 것 같기도 했다. 너무나 작디작았던 존재였는데, 텅 빈 자리는 이렇게나 클 수도 있다니 서글프긴 하지만 새삼 수긍하고 깨닫는다. 드문드문 따라오는 기억들도 마찬가지다.

이제 나는 마트의 구석에 있는 강아지 장난감이나 유기농 수제 간식들을 물끄러미 바라본다. 이것이 그리움인지, 후회의 감정인지 알 길은 없고 단 하나의 감정만 명확하게 남아있다. 내가 이렇게나 사랑했었구나. 진심으로 너를, 내가.

꼬꼬옹티 X 꼬기

네 작은 걸음으로 다다른 그곳은

행복할 거라고, 아프지 않을 거라고

나는 믿고 있어.

Writer

꼬기

X

꼬꼬웅티
·················
Instagram : @kairene_43

사랑한 만큼 온전히 자라고 있는

11년 차 집사이자 4냥 엄마

그리고 마을 길고양이들의 대장 고양이

고양이가 없던 삶은 어찌 살아왔는지 이미 모두 망각해 버린 자

〉기억

나는 아마. 그날을 영원히, 잊지 못할 거야.

후텁지근하고 습한, 다소 갑갑하다고 느낄만한 날씨의 연속이었다. 나는 피부에 늘어 붙는 그 끈적함을 퍽 싫어해서, 보드랍고 예쁘지만 어쩐지 갑갑해 보이는 털을 가진 너 역시도 이를 싫어하리라 지레짐작했다. 네가 떠난 즈음 했던 행동 중 가장 후회하는 행동이다.

이젠 나의 헤벌어진 감정 말고, 켜켜이 쌓아두었던 너와 나의 기억을 되새겨 보자.

2011년 7월 1일, 여름, 비루하고 또 지루한 대학교 3학년이었다. 대학 편입 후 진도를 따라가기 위해 아등바등하고 있었고, 집안은 휘청거려서 밥 한 끼 먹기가 두려울 정도로 지갑이 얇은 시기였다. 아마 그즈음 인간관계에 많은 스트레스를 받고도 있었던 것 같구나. 나는 어쩐지, 절벽 끝에 아슬아슬하게 서 있는 것 같은 나날을 보내고 있었다.

고양이가 새끼를 낳았는데, 보러 가지 않겠냐는 말을 들었다. 새끼고양이가 보고 싶어 한달음에 달려간 그곳에는 '나리'라는 이름의 터키시앙고라 한 마리가 느른한 눈빛으로 나를 쳐다보았다. 11년이 지난 지금까지도 연둣빛을 머금은 노란 눈이, 마치 나를 심사하는 듯했던 착각이 든다. 새끼고양이는 총 네 마리였는데, 제 어미를 닮은 흰둥이 둘, 치즈 하나, 머리 위에 삼색이 물방울을 떨군 아이 하나가 있었다.

나는 사실, 너를 그렇게 눈여겨보지는 않았었다. 몸이 아픈지 집에서 나오지도 못하고 제 어미 뒤에 가만히 기대선 희디흰 몸에 양쪽 눈 색깔이 다른 아이가 마치 내 손가락처럼 애달팠다. 그 아이가 내 손가락 끝을 피하지 않고 볼을 슬쩍 내밀었을 때, 나는 이 아이를 돌봐줘야 한다는 확신이 들었다. 그날, 나는 집에 그 약한 아이를 안고 가서 엄마한테 많이도 혼났다. 가장 약해 보이는 아이를 데리고 왔다는 나의 말에 가족 없이 혼자면 더 힘들지 않겠냐는 이유였다. 우스운 이유였지만, 그만큼 마음 따뜻해지는 이유이기도 했지.

다음날, 둘째 동생과 다시금 그곳을 향했다. 누구나 좋아하는 치즈 고양이, 누가 봐도 가장 건강했던 너는 고개를 갸웃거리며 호기심 가득 어린 눈망울로 나와 동생을 쳐다보았다. 그래도 하루 먼저 만났다고 내 주위를 빙글빙글 돌던 모습이 퍽 정겹게 느껴졌지. 너는 넷 중에는 제일 컸지만 그래도 아직 아기인 터라 다리가 각자 의지를 가진 듯이 어수룩한 걸음걸이로 걷고 있었다. 동생은 그런 네 모습이 마냥 귀여운 듯 시선을 붙박고 있었다. 그런데도 나는 이미 어제 데리고 간 새끼고양이에게 온 마음을 빼앗겨 있던 터라, 여전히 너를 그리 눈여겨보지 않았었던 것 같다고, 솔직히 말한다.

하지만, 눈여겨보지 않았더라도 나는 확실히 기억하고 있어. 그날, 그날 말이야. 당당한 걸음걸이로 데크 위를 걷던 치즈 새끼고양이. 다른 새끼고양이들과 툭탁거리며 장난치는 모습. 이따금 삐약거리는 것처럼 들리던 울음소리. 넌 그때부터 살가웠고, 다른 형제 고양이들을 챙겨주는 것처럼 보였다. 그래, 넌 타고나기를 참 멋진 고양이였다.

다정한 성격의 너, 꼬기. 그리고 나의 소심쟁이 꼬미. 우리는 그날 가족이 되었다.

고양이 모래를 어디서 사는지도 몰라 급한 마음에 신문지를 박박 찢어 고양이 화장실이랍시고 두었더니, 똑똑한 너희는 단박에 그게 뭔지 알고 바로 사용해 주었었지. 그 작은 몸에서도 지독한 냄새가 나는 똥오줌을 눈다며 깔깔거린 기억이 있다. 너희가 내게 온 이후로는 늘 새로운 일들의 연속이었다. 작은 몸이 안 보여 한참을 찾아 다녔더니 책꽂이의 책 사이에 세로로 걸쳐 선 채로 자지를 않나, 비닐봉지에 들어갔다가 나오지를 못해서 바스락바스락 온 집안을 소란스럽게 하지를 않나. 2미터짜리 곰 인형을 에베레스트산인 양, 등반하고 대롱대롱 매달려 있지를 않나. 천방지축이라고 여겼지만, 열심히 커가는 모습을 볼 수 있었음에, 이 기억들을 나라는 존재에게 주었음에 감사한 마음이 든다.

조금 머리가 큰 너희를 보며 작은 3층 캣타워를 마련해 줬었다. 그 당시는 고양이용품 수요가 크지 않았던 탓에, 직조 원단과 종이 원통으로 된 캣타워도 꽤 비쌌다. 지금 생각해 보면 교내 근로장학생으로 하루 벌어 밥이니 교통비니 쓰던 차에 무리해서 샀던 것임에도 그 위를 뛰놀던 모습이 좋아 조금도 돈이 아깝지 않았어. 특히 괴상한 고양이 얼굴을 한 캣타워에서 네가 몸을 삐죽 내밀고 카메라를 쳐다보던 사진은 11년이 지난 지금에서도 친구가 이야기할 정도로 인상 깊었지. 한겨울에는 옷을 사서 입혀 놓으니 캣타워 위에서 서로 버둥버둥 앞다리를 빼내고는 내 시선을 피하며 모르는 척했던 일도 있었구나. 너는 내게 참 많은 기억을 안겨주었다.

네가 쳤던 가장 큰 사고가 세 번 있었는데 너는 기억하고 있었을까. 첫째는 바늘에 달린 실을 톡톡 쳐대다가 바늘까지 홀랑 삼켜버린 일. 막냇동생은 바늘을 삼키는 네 모습을 실시간으로 보고 놀라서 엉엉 울어대고, 엄마 역시 어떡하냐고 울며 발을 동동 굴렀다. 인터넷을 찾아보니 바늘을 삼킨 고양이들이 제법 있었더랬지, 그 내용은 하나같이 좋은 내용이 아니었던 터라 나는 새파랗게 질린 얼굴로 너를 데리고 동물병원에 달려갔었어. 그 와중에도 아무것도 모르는 양, 동그란 눈으로 나를 쳐다보는 너를 이런 말도 안 되는 일로 잃을까, 속이 쓰라렸다.

엑스레이를 찍고는 수의사가 나긋하게 말했다. "사료를 진짜 많이 먹나 봐요." 확실히 너는, 먹을 것에 대한 욕심이 커서 우적우적 잘도 먹었었는데, 그거랑 바늘이 무슨 상관인가 싶어서 날카롭게 반응하려던 찰나, "사료가 목구멍까지 가득해서 사료에 바늘이 꽂혔어요." 나는 내 귀를 의심했어. 그러면서 엑스레이를 콕콕 집어대며 여기가 위장이면 거의 식도까지 사료가 찬 거라고 설명하던 수의사는 운이 좋으면 똥에 낀 채로 나올 것이라는 말을 덧붙였다. 운이 나쁘면 개복해야 할 수도 있으니 하루를 굶기라 했는데, 얼결에 함께 고통받

앉던 꼬미가 무색하게 너는 아주 굵은 똥에 바늘을 떡하니 뱉어내 주었지. 지금 생각하니 거의 천운이구나 싶은 느낌이네. 어쨌건, 그 이후로 너희 앞에서 반짇고리를 꺼내는 일은 절대 하지 않았다.

둘째는 텔레비전이 두꺼운 브라운관일 시절에 있던 일이었다. 그 위에 벽 선반을 만들어 놓았었는데, 엄마와 함께 장을 보고 돌아오니 선반 위에 뒀던 온갖 것들이 모두 깨져 나뒹굴고 있었다. 도둑이 들었나? 싶다가 너희가 커튼 뒤에 숨어 좌불안석 종종거리던 모습을 보고 엄마가 빼액 소리를 질렀었던 일이 기억나. 아직 어렸던 너희는 혈기 왕성함을 주체하지 못하고 그 선반마저 캣타워인 줄 알고 뛰어놀았겠지. 그때는 참 큰일이었는데, 지금 생각하면 너희가 부린 말썽이 고작해야 이 정도라는 게 더 신기한 지경이다. 이것마저 아득하게 느껴지는 걸 보면 시간이 참 많이도 흘렀구나.

마지막은 가출. 너는 언제나 자유를 꿈꾸는 멋진 고양이였어. 아파트에서 단독주택으로 이사한 이후에 너는 언제나 바깥을 꿈꿨다.

창가에 앉아 여유로운 표정으로 창 너머를 바라보며, 길고양이들에게도 관심을 표하던 말간 눈동자가 참 어여뻤던 너는 어느 날 살금살금 나가 돌담에 사뿐히 올라서 이내 지붕 위까지 가더니, 가만히 하늘을 보며 해바라기를 하고 있었어. 널 잡겠다며 담도 오르고 지붕도 타고 지붕에서 대문 위 난간으

로 펄쩍 뛰어대는 둥 별짓을 다 했는데 너는 태연자약 당당한 모습으로 집에 들어와 누워 도로롱 곯아떨어졌지.

계속 밖에 나가려 하던 네가 괜히 안 좋은 일에 휘말릴까 싶어, 못 나가게도 해 보고 고양이 하네스도 차 봤지만 너는 아주 조용히 마당에 나가, 너른 하늘을 보고 다시금 조용히 내 품으로 와줬어. 너의 돌아올 자리가 내 옆이라고 생각해 줬던 것은 아닐까, 라고 너스레를 떨어본다. 그 후로 우린 주말이면 함께 밖에 나가고는 했었구나. 너는 마당에서 빨래를 널고 있는 나를 뒤따르고, 나는 그런 너를 바라보았다. 기분 좋은 듯 가느다랗게 눈을 뜨고 마당을 데굴데굴 굴러 온몸에 햇살을 묻히던 너의 모습. 그래서 너를 생각하고 있다 보면, 햇살 냄새가 나는 것 같다는 느낌이 들고는 해.

너는 꽃과 풀냄새를 맡으며 그 풀을 씹어먹기도 했고, 길고양이 가족들이 오밀조밀 모인 모습을 시선으로 좇고는 했었지. 그럴 때도 너는 그 고양이들에게 하악질 한 번을 안 했었던 게 새삼스레 떠올라 네가 얼마나 착한 고양이였는지를 되새겨본다. 맞아, 갑작스럽게 가족이 늘었을 때도, 짜증 한 번 내지 않던 모습도 참 선명하게 남아있다.

한여름 폭우에 막냇동생이 데리고 온 새끼고양이 3마리. 결국, 한 마리는 고양이 별로 떠나고 남은 고양이 둘에게 정이 들어 끙끙 앓던 나를 알았는지 너는 수컷 고양이를, 꼬미는 암컷 고양이를 돌봐주며 새로운 가족을 쉽게 허락해 줬어. 고양이 합사가 그렇게나 어렵고 조심스러운 일이라던데 너와 꼬미는 그저 살가웠다. 큼지막한 너와 꼬미, 그리고 내 손바닥만 한 고양이 둘이 한데 뭉쳐 있는 걸 보고 너희를 평생 책임져 주고 싶다는 그런 생각이 들었다. 정말이지 착한 너희 둘이라, 옹이랑 티리도 너희 옆에 꼭 붙어 잠을 청하고는 했던 것일테지. 그리고 보니 너는 곧잘 키튼 사료를 훔쳐 먹겠다고 옹이와 티리를 분리해 놓은 철제 고양이장에 들어가고는 했었는데, 그 당시의 너는 10kg에 가까운 뚱냥이라 고양이장에 끼어서 사료를 오독오독 씹는 모습이 퍽 귀여웠었다.

이 모든 기억은 하나하나 사소한 것도 되짚을 수 있을 정도로 선연해. 집 구석구석, 마당 한편조차도 네 기억이 가득해서 움직이는 너라던가 네 온기, 네 울음소리, 나를 향한 심드렁한 눈길 모든 것이 온전히 내 곁에 없다는 게 아직도 어색해.

짧다면 짧고, 길다면 긴 그 시간 동안 아픈 적 없이 늘 건강했던 너였기에 하염없이 구토하고, 듬직한 몸이 하루하루 줄어드는 걸 보면서 덜컥 겁이 났다. IBD, 림포마. 심각한 단어들처럼 느껴졌지만, 특별히 사망 가능성까지 있는 병이 아니라 하더군. 혈액검사도 정상이고, IBD 외에는 노묘답지 않게 아주 건강하다는 소리를 들었던 덕에 안도감이 들었어. 날마다 처방 사료와 약을 먹어야 하고, 간식을 끊어야만 했지만. 사실 그렇게 대단한 것들이 아니니까.

그냥, 그렇게. 그렇게 무던해졌던 것 같아. 고양이들은 심장이 좋지 않더라도, 엑스레이에서 발견되기 힘든 경우가 더러 있다는 이야기를 어디서 들었던 것도 같았지만. 그런 일들이 자기 자신에게 일어날 거라는 생각들은 크게 하지 않잖아. 나도 그랬던 거지. 약을 먹으면 토하지 않으니까, 토하더라도 큰일이 나는 병은 아니니까. 그런 생각을 했었던 것 같기도 해. 그래도 아프면 스트레스를 주지 않으려고 노력했어야 했는데, 그런 생각은 전혀 하지 못했지.

습하고 더웠어, 마치 한여름이 일찍 온 양 그랬거든. 그래서 너 역시도 싫어하리라 생각하며 그 고운 털을 이발기로 벅벅 밀어댔다. 평소에는 가만히 있었을 네가 어느 기점부터 귀찮아하고 피했던 것 같아. 거기서 그만뒀으면 좋았으려나. 사람을 좋아하던 네게 내 친구들을 데려와 잠깐 시간을 보냈는데 그때도 넌 여느 때와는 좀 달랐던 것 같구나. 네 고통에 무뎌져 버린 거였을까, 내가 무심코 행한 일련의 행동들이 널 스트레스 받게 하고, 널 쇠약하게 만들었던 건 아니었을까. 내 기억 속에서 내가 했던, 네가 싫어했을 만한 것을 곱씹게 돼.

2022년 6월 1일, 평일이지만 쉬는 날이었어. 새삼스럽게도 얼마나 다행이었는지 몰라. 집에 박혀 게으름을 만끽했던 것 같다. 여느 때의 쉬는 날과 같았고, 여느 때처럼 너는 보채지 않는 무던한 친구였다. 너는 창 앞에 앉아 해바라기를 했고, 그 표정은 어쩐지 조금 지쳐 보인다는 생각을 들게 했던 것 같아. 하지만 언제나 무감각을 덧씌운 네 눈빛의 연속이구나, 라

고 안일하게 넘어갔다. 저녁에는 컴퓨터 앞에 앉아 너희에게 크게 신경 쓰지 않았고, 네가 토한 것을 보고 '또 토했네'라며 개의치 않았던 것도 같다.

자정이 넘어, 내일 출근하려면 자야 한다며 입에 칫솔을 물고 침대 위에 누운 너를 한 차례 쓰다듬었는데, 식빵 자세로 한껏 몸을 웅크린채 있던 너는 아주 작게 갸르릉 하는 소리를 내주며 내 손에 네 뺨을 문댔어. '아유, 우리 아들 잘생겼다.' 습관 같은 한 마디를 내뱉고 나는 그 자리를 떴고 다시금 침대에 돌아왔을 때, 너는 가로로 누워 깊은 잠에 빠져 있었어.

그런데 참 우습지. 네가, 온전하게 내 곁에 없음을 나는 바로 알았어. 여태 널 몰라놓고. 그 찰나, 그 순간 바로 알았다. 나는 몸에서 피가 모두 나가버리는 것 같은 감각을 그때 처음 알았다는 생각이 들어. 우악스럽게 네 얼굴을 그러쥐고 그 입에 숨을 넣어보고, 심장 언저리를 마구 주물렀지. 알레르기에 입 주변과 눈 밑이 발갛게 부어오르는데도 나는 그 행동을 한참을 그만두지 못하고 해댔다. 그 순간도 너는 왜 이리 부드럽고 따뜻하던지.

너는 나이 먹고는 내 옆에 통 눕지를 않더니 그즈음에는 내 허리춤에, 다리 사이에 누워 잠을 청했었다. 나는 '우리 돼지, 살 빠졌는데 얼마나 가벼워졌나 보자'라며 너를 훅 들어 안았고, 너는 평소와 달리 가만히 그 손길을 받아들였지. 잠시나

마 가만히, 네가 내 가슴팍에 기대 건네던 온기가 너의 조용한 준비였음을 못난 나는 짐작도 못 했어.

그 밭은 숨의 끝에 내 이름이 있었을까? 말간 두 눈으로 나를 좇았을까? 혹시 내 목소리를 더 듣고 싶지 않았을까? 눈을 마주 보고 싶었던 건 아니었을까? 얼굴 쓰다듬는 걸 참 좋아했던 너였는데, 한 번 더 쓰다듬어 주기를 바라고 있지 않았을까? 아픈 티 안 내려고 꾸역꾸역 참고 있던 것은 아니었을까? 후회 섞인 의문만 쌓으며 멍들 때까지 가슴을 내려치고 서럽게 울다가, 울음을 삼키다가, 다시 또 울기를 몇 번이고 반복했어. 몇 날 며칠을 그랬어. 아니, 아직도 드문드문 그러고 있어.

행복한 기억이 있으면, 후회는 없는 거야. 내가 곧잘 떠들던 말이었는데 정작 나는 켜켜이 쌓인 너와 나의 기억 속에서 행복보다는 후회만 되짚게 되더구나. 그게 아마 내가 너에게 유일하게 할 수 있는 참회이기에 그런 것 같다. 내가 생각했던 것보다, 내가 가진 너에 대한 사랑이 깊음을, 내가 네게 준 것보다 받아왔던 위로가 더 많음을 이제야 깨달아 버린 나를 네가 용서해 주기를, 나를 너무 미워 않기를 간절히 바라고 있어.

네 작은 걸음으로 다다른 그곳은 행복할 거라고, 아프지 않을 거라고 나는 믿고 있어. 네가 좋아하는 것으로 가득할 거라고.

풀과 바람, 햇살 아래를 사랑한 나의 아들.

꼬기, 한꼬기.

나는 아마. 그날을 영원히, 잊지 못할 거야.

아장아장 걷던 새끼고양이 시절의 네 모습도,

숨 멎기 전 머리 쓰다듬는 날 보며 작게 갸릉갸릉 하던 네 모습도.

가만히 바람을 마주하던 모습. 흔들리는 풀을, 높은 나무를 응시하던 모습.

그날을, 그날들을. 너를, 네 모습을.

네가 내게 준 수천, 수만 가지의 기억. 나는 무엇 하나 잊지 못할 거야. 잊지 않을 거야.

그러니 너는 한껏 자유를 느끼다가 가끔 바람이 되어, 나의 뺨 언저리에 머물러 주렴.

사랑해, 나의 미남 고양이.

언제나 내 기억 속에서 햇살처럼 빛나주기를.

Thanks to.

제가 집에 없는 시간에 꼬기와 늘 유대를 쌓아줬던 우리 엄마.
꼬기의 가장 친한 친구이자 꼬기가 가장 사랑한 우리 둘째.
한 새벽에 혼자, 꼬기를 보며 눈물 흘리던 우리 막내.
우는 저를 묵묵히 지켜봐 준 나의 짜장맨.
조용한 위로 덕에 제가 무너지지 않을 수 있었습니다.

꼬기를 오래도록 지켜봐 준 하얀, 같이 울어주고 술 마셔준 예은,
가장 먼저 전화해 준 소희, 애기들 사진 인화해서 보내준 지윤, 캣
닙 싹을 화분 채로 갖다주신 치마님. 꼬기에게 보낼 편지를 작성
해 주시고 저를 위로해 주신 은지, 한별, 인지, 장군맘, 말론맘, 철
꾸님, 양떼님, 셜리님, 구미님 그리고 익명의 분들을 비롯하여 강
원도 고양이 모임 분들 모두 감사합니다.

그리고 어쩌면 나보다 더 슬프고 괴로웠을 나의 꼬미, 옹이, 티리.
우리 다섯, 늘상 친하진 않았던 것 같지만
적어도 각자는 잘 모르는 유대의 끈이 있었던 것 같아.
우리 참 열심히 사랑했다. 앞으로도 열심히 사랑하자.
고마워. 나는, 언제나 영원히 꼬꼬옹티맘이야.

난나니 X 꼬야

찹쌀떡 같은 발과

말랑말랑한 분홍의 발바닥,

초록색 유리구슬 같은 눈에 빠져들었다.

Writer

X

난나니
· · · · · · · · · · · · ·

튼튼, 씩씩, 똘똘 세 아이를
낳고자 하였으나 뜻대로 되지 않음.
잘 키운 딸 하나 이튼튼 씨가
멋진 냥이 씨 이꼬야를 입양해 옴.
책 읽고 시 읊으며 꼬야와 살고 있음.

생각과는 다르다

동물을 애지중지하며 안고 다니는 사람들을 보면서 참 이상 도 하지라고 생각했던 시절이 있었다. 은행에서 길거리에서 강아지를 안고 사랑스럽게 바라보며 '엄마가', '엄마에게'라 고 자신을 지칭하는 사람들, SNS를 온통 고양이 사진으로 도 배한 사람들을 볼 때면 속으로 '진짜 왜 저래? 자기가 사람이 아닌 저 동물을 낳기라도 했단 말이야?'라고 속으로 빈정거렸 다. 그런 광경을 마주치는 일이 늘어나면서 사람들이 점점 이 상해진다고, 사람과 정을 나누어야지 왜 동물에게 마음을 쏟 고 있냐고 안타깝게 여겼다. 외로워서 그렇겠지 내 멋대로 추 측하기도 했다. 그러던 나의 퇴근 후 첫 마디가 "꼬야~ 엄마 왔다."가 되다니 사람 일이란 알 수 없는 것이다.

2016년 봄, 서울에 있던 딸아이에게서 전화가 왔다. 뜬금없 이 주말에 집에 내려오겠다는 연락이었다. 며칠 전에 집에 데 려왔다는 고양이는 어떻게 하고 여기를 오냐고 물으니 뜻밖 의 답이 돌아왔다.

"실은, 나 얘 혼자 집에 두고 학교 못 가겠어서."
"그게 무슨 소리야? 고양이 때문에 학교를 못 간다고?"
"종일 걱정되고 불안해서 아무 일에도 집중이 안 돼. 엄마가 좀 키워줘."

허걱, 이게 무슨 소리인가? 나는 단박에 거절했다. 맞벌이에, 학업에, 집 안 식구만 해도 벅찼다. 스무 살 이후로 동물이랑 한집에 살 생각을 해 본 적도 없었다. 아이가 개나 고양이를 키우고 싶어 할 때도 줄곧 반대해왔다. 그리고 남편은 나보다 더 펄쩍 뛰며 화를 낼 것이다.

"아버지한텐 엄마가 말 좀 잘해줘. 일단 토요일에 봐."
"아, 잠깐잠깐, 진짜 여길 데려온다고? KTX에 어떻게 데리고 타는데? 태워주기는 한대? 기차에서 계속 울면 난처해서 어쩌려고 그래?"
"데려가는 거까지는 내가 알아서 할게. 그럼 엄마가 맡아주는 걸로 알게."

뚝 전화가 끊어졌다. 그렇게 생각지도 않았던 고양이 한 마리가 딸과 함께 KTX를 타고 도착했다. 작고 귀여운 코숏(코리안 숏헤어). 하얀 몸에 까만 얼룩이 있는 시크하고 무심한 냥이 씨. 딸은 움직이는 인형 같은 그 조그만 생명체를 꼬야라고 소개했다.

집에 온 첫날, 낯선 집에서 불안해하는 작은 고양이는 애처롭고 안쓰러웠다. 나는 남편이 있는 방이 아닌 거실의 고양이 캐리어 옆에 이불을 깔고 잠을 잤다. 남편은 그렇지 않아도 고양이가 집안에 들어 온 사실이 언짢아 골이 나 있다가 나의 태도에 기막혀했다. 딸이 고양이를 여기다 두고 혼자 상경할 것이라는 이야기에 어이없다는 표정이었다. 그러나 동물보호센터에서 데려왔고 한 번의 파양 경험이 있다는 이야기에 마음이 흔들렸다. 우리와 살지 못하고 다시 파양되면 안락사의 가능성이 크다는 이야기에 입을 꾹 다물고 말았다.

아직도 남편은 꼬야를 못 본 체하고 사느냐고 물으신다면, 무슨 말씀을. 겉만 독한 체할 뿐 마음은 여려빠진 남편은 중성화 수술 후 끙끙대고 비틀거리며 밥도 잘 먹지 못하는 모습에 극도의 안타까움을 표하며 어린 생명을 돌보기 시작했다. 그리고 찹쌀떡 같은 발과 말랑말랑한 분홍의 발바닥, 초록색 유리구슬 같은 눈에 빠져들었다. 그리고 언제부턴가 꼬야의 사료와 물을 챙기고 감자와 맛동산을 치우는 담당은 내가 아닌 남편이 되어있다.

꼬야야, 꼬야야, 뭐하니

평소 좀 짠순이인 내가 고양이 꼬야를 위해 거금을 들여 산 물건이 있다. 그것은 캣타워다. 6단 원목으로 거실 큰 유리창 앞에 크게 자리를 차지하고 있어 집에 딱 들어서는 순간 제일 먼저 마주 보게 되는 물건이다. 가장 높은 층에 올라앉아 창밖을 내다보는 꼬야의 모습은 성의 수비병처럼 늠름하고 멋있었다. 집 안에 멋진 캣타워와 더 멋진 고양이가 있다는 생각에 터무니없는 자랑스러움까지 느껴졌고 내 키 보다 훨씬 높은 이 캣타워를 사겠다고 결정한 자신이 대견했다.

그런데 어찌 된 일인지 꼬야는 기대만큼 캣타워를 즐기지 않는다. 오히려 방문 위에 뚫린 창틀에 올라앉거나 개수대, 정수기를 차례로 탁, 탁, 밟고 올라 냉장고 위에 머물기 좋아한다. 휙 드럼 세탁기를 딛고 김치냉장고 위에 오르거나 벽장 문이 열릴 때마다 홱하고 재빨리 뛰어들어 제일 위 칸에서 우릴 내려다보기도 한다. 그런가 하면 낮고 구석진 곳을 좋아해서 책상다리 아래나 의자 밑 혹은 벽장 깊숙한 모퉁이에 들어가 나 찾아보라는 듯 한참씩 웅크리고 있다. 한 마디로 자유로운 영혼이다. 택배가 오고 물건을 꺼낼 때마다 '너무 비좁아, 이번엔 무리야' 싶은 상자 속으로 슝 뛰어들어 맞춤처럼 몸을 말아

끼어 앉는다. 그 모습은 마치 마술 같다. 종이가방이나 종량제 쓰레기봉투도 입구만 보이면 고개를 들이미는 꼬야를 지켜보는 일은 재미있다. 해외 출장을 가려고 짐을 꾸리는 남편의 여행용 캐리어에 착 들어가 눕는 바람에 온 가족을 깔깔 웃게 만든 일도 있었다. 겨울철에는 TV 수상기 따뜻한 몸체 위에 엎드리기 좋아했는데 아무리 비켜보라고 해도 배를 찰싹 붙인 채 떨어지기를 거부해서 리모컨이 있는데도 채널 전환을 못하는 곤란을 겪게 만들기도 했다. 무엇이든 깔고 앉기 좋아해서 방석, 발 매트는 물론이고 신문지와 복사물까지 모든 납작한 것 위에 찰싹 엎드리곤 한다.

가장 난감한 일은 공부 좀 해 볼까 싶어 앉은뱅이 책상을 꺼내고 책이나 노트북을 펴는 순간 어디선가 쓰윽 꼬야가 나타난다는 것이다. 재빠르게 그 위에 올라앉아서는 절대 엉덩이를 떼지 않는다. 내가 목표만큼 학업적 성취를 거두지 못한 데는 분명 꼬야의 방해도 한몫했다고 생각한다. 내 말을 구차한 변명이라 여긴다면 당신은 분명 고양이에 대해 아무것도 모르는 사람이다.

아, 그리고 엄마가 물고기를 사 와서 식탁 위에 유리병을 올려 둔 날 꼬야는 밥 먹는 시간만 제하고 온종일을 꼼짝하지 않고 물고기들을 지켜보았다. 아마 물속에서 끊임없이 왔다 갔다 움직이는 쪼그만 물고기들이 신기하게 보였나 보다. 내 눈에는 어항에서 눈을 떼지 못하는 지가 더 귀엽고 신기하구먼.

멋대로면 어때, 좀 게을러도 돼

 꼬야를 만나기 전까지 만나 본 지인의 고양이들은 모두 순한 모습이었다. 집사가 부르면 어디선가 쪼르르 달려와서는 어루만져주는 손길에 나긋하게 앉아 만족감을 표하곤 했다. 길을 걷다 딸이 눈길을 주고 말을 거는 길냥이 중에는 처음부터 사람을 보고 도망가는 부류가 있는가 하면 사람을 졸졸 따라오거나 사람의 손길을 반기는 고양이들도 많았다.

 우리 집에 고양이가 온다는 불안함 속에도 사람의 손길을 반기는 순하고 착한 고양이에 대한 기대감이 있었다. 그런데 사춘기 고양이 꼬야 씨는 TV에서 보이는 것처럼 사람 소리에 나와보지도 제 이름이 불릴 때 달려오지도 않았다. 내 무릎에 올라앉거나 곁에 와 붙어있지도 않았다. 예쁘다고 안거나 몸을 어루만지면 제법 뾰족하고 날카로운 이빨로 팔이나 손을 꼬옥 물어버리는 까칠한 성질을 가지고 있었다. 자기의 필요에 따라 새벽녘 쿨쿨 자는 사람의 발목을 앙 깨물었다. 때로 하얗고 앙증맞은 앞발로 이불 밖으로 나온 사람의 발이나 얼굴에 툭 펀치를 날리기도 했다. 처음 한 대를 맞던 날 남편은 잔뜩 흥분해서는 저 녀석이 앞발로 내 얼굴을 '퍽' 쳤다는 말을 몇 번이나 되풀이했다.

이렇게 애교라고는 없는 냥이 씨인데, 아니 어쩌면 정말 아이러니하게도 평소 무뚝뚝하고 전혀 상냥하지 않은 냥이 씨라서 특별히 예뻤다. 가끔 슬쩍 옆에 와 발목을 베고 눕거나 옆구리에 붙어 앉아주면 이제 이만큼은 친해졌구나 싶어 더없이 고마웠다. 꼬야야 불렀을 때 에~옹하고 대답해주면 참 신기하고 기뻤다. 처음으로 핑크빛 배를 드러내고 거실에 드러눕던 날에는 감격스럽기까지 했다. 이제 완전히 무방비 안심 지대인 자기 집으로 여기는구나 싶어서. 낮잠을 자고 일어났을 때 옆에서 코 잠든 모습을 보면 우리와 함께 사는 게 편안하구나 싶어 흐뭇하고 뿌듯했다. 어느 밤 침대 위로 올라와 내 베게 옆에 머리를 베고 함께 자면서부터는 밤잠이 더 따뜻하고 행복하게 느껴진다. 퇴근 시간이 되면 꼬야를 만날 생각에 마음이 바빠진다. 그리고 집에 돌아왔을 때 창가에 앉아있는 꼬야라도 보게 되면 반가움에 크게 손을 흔들게 된다.

끊임없이 할딱대며 움직이는 개들에 비하면 고양이들은 완전 게으른 족속이다. 가끔씩 후두둑 파바박 내달리거나 휙 뛰어오르는 모습을 보여주기도 하지만 보통은 창가에 가만히 앉아있거나 사람 없는 침대에 누워 자거나 벽장 속이나 구석진 곳에 웅크리고 있다. 하여튼 움직이는 시간보다는 어디에 있는지 찾을 수도 없도록 아무런 움직임을 보이지 않는 시간이 엄청나게 길다. 그렇게 나른한 고양이 족속 꼬야와 함께 산다는 건 때때로 게으름의 미학을 깨닫는 일이기도 하다. 밥을 하고 설거지하고 빨래를 널고 바쁜 일상에 동동 대다 말고 꼬야를 보면 가만히 창밖을 내다보거나 거실에 벌러덩 누워 뒹굴뒹굴하고 있다. 그 느긋한 모습이 부러운 나머지 '난 뭘 위해 이리 허둥대며 사는 걸까?' 생각하게 된다. 여유로운 삶을 꿈꾸는 거라면 당장 저렇게 아무것도 안 하면 그만일 텐데 싶은 생각이 찾아온다. 그러다 보면 마음에 쉼표가 들어오며 살짝 한 박자를 늦추게 된다. 출근 시간 집을 나설 때 꼬야를 부러워하는 마음이 드는 날이면 내 몸이 쉬는 시간을 필요로 하는구나 깨닫기도 한다.

휴일에 온 식구가 외출한 빈집도 꼬야와 있으면 왠지 허전하지 않다. 보통 한나절쯤 함께 게으르게 뒹굴대고 난 후엔 기분 전환을 위해 간식을 먹는다. 꼬야~하고 부르며 고양이 그림이 그려진 간식 그릇을 꺼내면 눈을 똥그랗게 뜨고 에~옹 소리를 내며 내게로 다가온다. 나란히 앉아 각자가 좋아하는 음식을 즐긴 후 흔적 없이 싹 비워진 두 개의 그릇을 치우는 일, 나만 아는 휴일의 소소한 즐거움이다.

앗 하는 사이 이를 어쩌나!

　꼬야를 포함한 우리 가족이 사는 집은 2층 콘크리트 집이다. 그 전엔 단층 벽돌집에 살았다. 벽이 얇아서인지 겨울에 춥고 여름에 더웠다. 새집을 지을 때 설계와 자재에 신경 쓴 나에 비해 남편의 요구사항은 딱 하나, 단열재를 충분히 넣은 두툼한 벽이었다. 이 집으로 이사 오면서 생긴 꼬야의 취미 생활은 대개 살그머니 기척도 없이 때로는 다다다다 후두두둑 내달리며 2층을 오르내리는 일과 널찍한 창턱에 앉아 방충망 너머로 세상 구경을 하는 일이다. 그런데 햇살 때문에 가끔 뻔히 잘 있는 방충망이 내 눈에 보이지 않는다. 그럴 때면 놀란 가슴을 쓸어내리곤 한다. 집을 벗어난 집냥이가 길냥이에게 공격을 당해 병원 치료를 받는 일이 적지 않다는 이야기를 여러 번 들은 터라 두렵고 불안하다.

　문제의 그날도 창턱에 앉은 꼬야 너머로 방충망이 보이지 않았다. 창밖으로 뛰어내릴까 섬뜩하니 놀란 내가 기척 없이 다가가 뒤에서 꼬야를 막 안으려는 순간이었다. 수비 본능이 되살아난 것인지 깜짝 놀란 꼬야가 펄쩍 뛰어 오르며 발톱을 세워 내 팔과 손을 확 긁었다. 따끔하니 아린 느낌. 제법 길고 깊은 상처가 생겼다. 나는 긁힌 내 팔보다 꼬야가 엄청나게 놀랐다는 사실에 신경이 쓰였는데 엄마가 나에게 병원에 가기를 권했다. 피부과에 갔더니 정형외과에 가야 한다고 했고 정형외과에서는 한동안

다닐 필요가 있다고 했다. 그렇지 않아도 꽉 짜인 일정에 병원을 연달아 오가는 일을 보탠 꼴이다. '왜 그랬을까? 방충망이 거기 있지, 어디로 사라졌을 거라고 그 야단이었을까?' 생각해 보지만 무엇에 씌었던 것인지 참 알 수 없는 일이다.

인문학 모임에서 고인돌 유적지 답사를 떠나던 날의 이른 아침, 준비를 마친 내가 현관문을 나서려는 참이었다. 엄마가 뒤에서 중문을 살짝 열었다. "얘, 조심해서 다녀라. 꿈자리가 말도 못 하게 뒤숭숭하다." 막, 말을 마치는 바로 그 순간 집 안으로부터 톡 튀어나와 두 문의 열린 틈으로 슝 빠져나간 것이 있었으니 고양이 꼬야였다. 호시탐탐 기회를 엿보더니 그 짧은 순간을 포착해 탈출한 것이다. "아, 어떡해 " 놀란 소리에 "왜 왜?" 하며 남편이 마당으로 뛰어나왔다. 차 시간이 임박한 나는 대문 밖으로 나가지도 꼬야를 쫓아가지도 못한 채 발을 동동 구르며 서 있었다. 흘낏 나를 본 남편이 "일단 니는 가라"고 말했다. 관광버스를 타고 이동하면서도 꼬야 문제에 신경이 쓰여 답사지 안내가 귀에 들어오지 않았다. 못 찾으면 어쩌나? 고생할 꼬야와 슬퍼할 딸아이가 함께 걱정되었다. 한참을 지나도 연락이 없었다. 조심스럽게 남편에게 문자를 보냈다. "금방 데리고 들어왔다. 겁먹고 자동차 뒷바퀴 사이에 앉아서 어디로 가야 할지 두리번대더라. 멍청한 놈." 처음엔 다행이다 싶었고 잠시 후엔 사람 애타는 줄 모르고, 빨리 좀 알려주지 싶어 남편이 원망스러웠다. 긴장이 풀리고 나자 꼬야씨가 겁 많은 똥 명청이 고양이인 것이 얼마나 감사한 일인가 생각되었다. 그리고 그렇게 생각하는 내가 우스워 피식 혼자 웃었다.

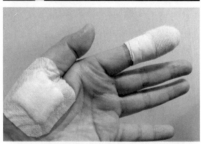

일상 풍경

아침이다. 부엌에서 엄마가 또각또각 써는 소리 달그락달그락 무치는 소리 지지직 굽는 소리가 들려온다. 모른 척 누워 뒹굴며 '아, 일어나기 싫어라.'하고 생각하는 순간 엄마의 고함이 들린다. "이제 일어나라~." 마지못해 침대에서 내려오며 두리번두리번 꼬야부터 찾는다. "얘 어디 갔어?" "걔가 가긴 어딜 가, 집 안 어디서 누워 놀고 있겠지. 엄마는 본 척도 않고 고양이만 찾냐?" 하루의 시작이다.

식구들이 둘러앉은 식탁 아래로 소리도 없이 접근한 꼬야가 다리에 매달리는지 "야는 왜 맨날 내한테만 이라노? 할매 냄새가 나나? 절로 가거라." 엄마가 한 발을 몸쪽으로 당겨 넣는다. 밭에서 묻어온 흙냄새 때문인가 보다. 내가 깨물릴 각오를 하고 슬쩍 그쪽으로 발을 내밀어보지만, 꼬야 씨는 모르는 체하며 식탁 다리와 의자 다리 그리고 사람 다리 사이를 스르륵 빠져나간다. 거실 유리창 앞에 자리 잡고 미동도 없이 창밖만 내다보는 뒷모습이 제법 의젓하고 사색적인 고양이처럼 보인다. 잠시 후 식탁을 닦느라 오른쪽 왼쪽 바삐 움직이는 엄마의 손을 낚아채 보겠다고 바짝 긴장하고 식탁 다리에 붙어서는 모습은 볼 때마다 귀여워 웃음이 난다. 손의 방향을 따라 고개를 좌우로 움직이며 탁 타닥 탁 연속으로 오른발 공격을 벌인다. 꼬야의 시도는 져주지 않는 엄마 때문에 한 번도 성공하지 못한다. 그래도 계속되는 꼬야의 도전은 식구들에게 언제나 재미난 구경거리다.

아침 설거지가 끝날 무렵이면 꼬야도 피곤한지 거실 한복판에 철퍼덕 누워 휴식을 취한다. 나는 소파를 두고도 거실 바닥에 두 다리를 벌리고 앉아서 바닥을 톡톡 두들긴다. 흘낏 보고는 귀찮다는 듯 혹은 못 이기는 척 슬금슬금 걸어와 두 다리 사이에 납작 엎드리는 꼬야. 폭신폭신한 꼬야의 엉덩이를 토닥토닥 두드리고 있으면 몽글몽글하고 따뜻한 느낌이 전해온다. 모든 근심이 잊히고 단순하게 행복하다. 딸아이를 기를 때 그 작고 연한 몸을 안으며 느껴지던 말랑말랑하고 포근한 행복감의 일부가 되살아나기도 한다.

온종일 그러고 앉아 평온한 휴식을 즐기고픈 유혹을 떨쳐내고 현관을 나설 때 꼬야는 자기도 나가고 싶다는 듯 밖을 내다보며 나를 빤히 쳐다본다. 그 눈길에 어쩐지 미안한 마음이 든다. 그렇지만 꼬야 씨, 나는 알고 있단다. 집 밖을 나서는 순간 두려움에 떨리는 너의 울음소리가 들려오리란 걸. 그러니 너는 안전하고 포근한 집에서 놀고 계세요. 오늘도 "엄마 갔다 올게." 인사를 남기고 집을 나선다.

수진 X 식빵

나에게 어마어마한 능력이 생긴다면

너를 내 가족으로 맞이해 오랫동안 행복하게

건강하게 사는 견생을 살게 해주고 싶어.

Writer

X

수진
· · · · · · · · · ·

식빵이와 함께했던 짧은 추억을 회상하며 글을 써보았어요.

무뎌진 줄 알았던 그 아픔이

다시 한번 크게 다가와 많이 울었네요.

나에게 다시 식빵이가 찾아오는 꿈을 꿔봅니다.

마지막으로 글에는 등장하지 않았지만,

우리 집 노견 망고에게 최선을 다하려 합니다.

너를 가슴에 품고

♪ 커피소년 - 아픈 손가락

　너와의 첫 만남, 그리고 마지막 이별의 순간까지 아직도 생생하게 기억이 나. 그 당시 나는 사회생활하고 있는 직장인이었고 자취 중이었어. SNS를 통해 우연히 유기견 구조 전 임시보호자를 찾는 게시글을 발견하게 되었고, 그 사진 속에 있던 강아지는 철장 속에 갇힌 채 말똥말똥 바라보고 있었어.

　그 강아지는 정말 너무 이쁘고, 귀엽고, 엄청 순하게 생겼었지. 그 게시글을 보고 난 후 나는 엄청 심란했었어. 하루 종일 아니 며칠 동안 계속 철장 속에 갇혀있는 너의 모습이 머릿속에 맴돌았어. 너무 데려오고 싶고 내가 먼저 손 내밀어 도움이 되어주고 싶었어. 이 결심하기까지 정말 많은 생각을 했고 그렇게 난 용기를 내게 되었어.

　임시 보호를 내가 하고 싶다고 해서 다 되는 건 아니라는 걸 알게 되었고 일단 임시 보호 가능 여부를 문의했고 심사 끝에 너를 임시 보호할 수 있는 자격이 주어졌어. 그 사진 속 강아지의 이름은 식빵이라고 구조자님이 지어주었고 나는 너를 데리러 가는 날을 약속 잡았어.

　여행 가기 전날 밤처럼 엄청나게 설레고 만나기 전까지 되게 들떠있었어. 그리고 네가 오기 전 필요한 물품 구입 등 맞이할 준비를 했었어. 그 당시 나는 자차가 없었지만, 엄마 차를 직접 운전해 대구에 있는 한 동물 병원으로 데리러 갔었어. 사진 속 털이 덥수룩했던 너는 빡빡이로 미용하고 병원에서 기본 검사 후 나를 기다리고 있었어.

내가 실제로 본 너의 모습은 갈비뼈가 훤히 드러나 말랐었고 배에는 덴 것처럼 빨갛게 피부가 조금 벗겨져 있고 뒷다리 한쪽이 불편한지 절뚝거렸어. 다행히도 외관상 보이는 문제 말곤 딱히 아픈 곳이 없었어.

그렇게 너는 나에게 오게 되었고 나와의 짧은 동거 생활을 시작하게 되었지. 나의 목표는 너무 마른 너의 살을 찌우는 거였어. 그리고 너는 회충에 감염돼 똥에 벌레가 나와서 내가 엄청 기겁했던 기억이 나. 동물병원에서 구충제를 처방받고 너도나도 구충제 먹어가며 벌레와 이별하곤 했었지.

내가 너 살찌우려고 고구마도 삶고 황탯국도 끓이고 망고 언니보다 훨씬 더 지극 정성으로 보살폈어. 너도 그렇게 생각하지?

하루하루 행복한 시간을 보내던 중에 감기 걸린 너, 한여름에 무슨 감기냐면서 혼자 한 소리 했던 것 같아. 겨울 이불 꺼내서 덮어주고 사용하고 있던 방석과 담요는 감기 바이러스 남아있을까 봐 세탁도 자주 했었는데 말이야.

감기 낫게 해주려고 난생처음 강아지가 먹을 수 있는 배숙도 만들었어, 처음 만들어보았는데 너무 잘 먹어주던 너의 모습이 아른거려. 너무 잘 먹어줘서 얼마나 기뻤는지 몰라.

단순 감기인 줄 알았는데 좋아질 기미가 안 보이길래 동물병원에 데려갔더니 폐렴이라고 얘기해 주시더라. 나는 왜 하루라도 더 빨리 동물병원에 가지 않았나 혼자 생각하며 되게 후회했어. 그렇게 힘없이 누워서 숨 쉬는 너의 모습에 혹시라도 잘못돼서 나를 떠날까 봐 너무 두려웠고 무서웠어. 동물병원에서는 건조할수록 안 좋다며 방안에 빨래도 널고 가습기도 챙겨와서 켜주고 더 열심히 보살폈던 것 같아.

나의 보살핌 덕분인지, 아님 네가 건강 회복력이 좋았던 건지 이번에는 폐렴도 깨끗하게 완치가 되고 살도 이쁘게 쪄서 갈비뼈가 훤히 드러나던 몸이 갈비뼈가 살에 묻혀 안 보이기 시작했어. 그리고 배에 있던 까진 흉터도 다 아물고 발에 곰팡이 피부염 진단받은 것도 완치했었지. 진짜 이쁘게 살이 찌면서 상태가 좋아진 너를 바라보는데 너무 행복했어.

망고 언니랑 커플로 옷 입고 애견 운동장도 놀러 가보고 큰 공원에서 뛰어놀고 너랑 경주 펫쇼도 처음 가봤고 애견 동반 식당가서 밥도 먹어보고 솔직히 네가 내게 오고 난 후로 망고 언니랑 못 해보는 거, 처음 해보는 거 은근히 많았어. 진짜 이렇게 마냥 행복할 줄만 알았다? 그런데 예상치 못하게 우리에게 시련이 찾아왔어. 아직도 생각해 모든 게 내 잘못인 것만 같고 우리 둘에게 엄청난 상처로 남게 되었고 그렇게 너를 떠나보내게 되어 너무 후회스러워. 감이 좋지 않을 땐 그 감을 따라야 한다는 걸 왜 몰랐을까...

네가 제법 크면서 첫 꽃도장 찍기 전에 중성화수술 했으면 좋겠다는 내 마음이 너무나도 큰 잘못을 불러온 게 아닌가 싶어. 무엇보다 망고 언니도 중성화수술 했었는데 정말 많이 하는 흔한 수술이라고 생각했다 보니 별일 없을 거라고 생각했어. 너는 대구시 유기견이어서 입양 혜택으로 대구시에서 지정한 연계 동물병원에서 중성화수술을 하게 되었어. 많은 동물병원 중에 왜 하필 찝찝한 구석이 있던 그 동물병원이 선정되었는지... 그렇게 수술이 잘 끝났을 거라 믿고 집에 가는 길에 상태가 안 좋아진 너를 내가 빨리 알아차리지 못했던 것 같아.

집에 도착한 후로 급격히 호흡이 불안정하고 입에서 피를 내뱉는 너를 보고 엄청 놀랐어. 진짜 너무 놀라 엉엉 울면서 수술했던 동물병원에 전화해 너의 상태에 대해서 말하고 구조자님한테도 이 사실을 알렸어. 일단 당장 다시 대구로 갈 수 있는 상황도 아니었어. 24시 동물병원이 없는 이 지역에서 있는 동물병원은 다 전화했던 것 같아. 그렇게 어느 한 동물병원으로 가게 되었고 검사를 진행한 후 결과 폐수종이라고 말해주시더라.

그렇게 너는 입원하게 되었고 원장님이 그때 해주셨던 말이 아직도 생각나. 강아지 상태가 이렇게 안 좋으면 그 병원에 뒀어야지, 왜 데리고 왔냐며 오래 못 버틸 것 같다고 하셨어. 그 말을 듣는 순간 나는 정말 억장이 무너졌어.

폐렴도 피부염도 잔병치레하던 그 아픔 모두 이겨냈으니 진짜 마지막으로 이번에도 잘 이겨내리라 믿고 싶었어. 눈물로 그날 밤을 지새우고 다음 날 출근했는데 동물병원에서 네가 떠날 것 같다며 빨리 오라는 전화를 받고 정말 급하게 갔는데 그 찰나에 너는 이 세상과 이별을 해버렸어.

또다시 나는 후회를 해. 이렇게 떠날 거 예고했는데 왜 마지막에 함께 있지 못했을까 정말 뼈저리게 후회하고 또 후회하고 자책감 속에 살았어. 정말 모든 게 다 미안해. 짧은 견생을 살라고 너를 구조한 게 아닌데 정말 너만 생각하면 너무 미안해서 마음이 아파.

난 너의 진정한 가족을 찾는 시간 동안 돌보는 임시 보호자였지만 세상을 떠난 넌 당연히 내가 가족이라 생각하겠지? 너는 나에게 진짜 소중한 가족이나 다름없고, 너는 망고 언니의 동생 식빵이야.

널 떠올릴 때마다 생각나는 게 있어, 지금의 나를 만났더라면 어땠을까? 그때의 나와 지금의 나는 많이 달라졌다고 생각하거든. 나에게 어마어마한 능력이 생긴다면 너를 진정한 내 가족으로 맞이하여 오랫동안 행복하고 건강하게 사는 견생을 살게 해주고 싶어. 나는 너무 짧은 너의 견생에 아쉬움과 미안함이 엄청 가득해.

너는 어떻게 생각할지 모르지만 함께한 시간 동안 사랑받아서 행복했다고 생각해 주면 너무 좋을 것 같아. 이건 나의 바람이야. 그리고 기다려줘, 망고 언니랑 셋이 무지개다리 건너 꼭 우리 다시 만나자!

2018. 09. 18 ~ 2019. 12. 07
짧은 견생 나랑 함께해 줘서 정말 고맙고,
미안하고, 사랑해. 행복했던 기억도 아픈 기억도 모두 잊지 않을게.

식빵이를 생각하면 떠오르는 노래가 하나 있다.
그 노래는 '커피소년'의 '아픈 손가락'이다.
식빵이가 나를 떠나고 다음 날 우연히 듣게 된 노래이다.
가사를 보고 엄청 공감하고 마음이 많이 아팠고 많이 울었다.
많은 반려인의 마음을 울릴 노래라고 생각한다.

이 글을 읽게 되는 독자분은 꼭 한번 들어보길 바랍니다.
난 오늘도 너를 그리워하며 이 노래를 들어본다.

이참새 X 랑이

고양이를 바라보는 따스한 시선들 속에서

세상의 모든 고양이들이 행복하길.

Writer

랑이

이참새
. . . .
Instagram : @lee__sun_

보호소에서 온 큰 고양이 랑이와

길에서 구조된 아기고양이 별이와 함께 하고 있어요.

고양이를 키우며 멀게만 느껴졌던 행복을

가까이에서 찾게 되었습니다.

보호소에서 온, 몸이 큰 고양이 랑이

고양이를 키우고 싶다고 생각한 지는 꽤나 오래 되었다. 여행을 가면 고양이들이 있는 카페를 찾아다니고 길에서 고양이들을 만나면 항상 함께 사진을 찍곤 했다. 집 주변의 고양이 카페들을 찾아다니고 울적한 감정이 들 때면 고양이 카페에 가며 자주 행복을 느꼈었다. 하지만 고양이를 실제로 키우는 일은 좋아하는 것과는 또 다른 일이었다. 강아지만 키워 본 나로서는 고양이와 생활한다는 자체가 겁이 났고, 정말 바라던 일이었지만 쉽게 마음먹을 수 없는 일이었다.

어느 날 문득 SNS에서 임시보호처가 필요한 유기묘를 본 날이었다. 그날이 내가 고양이를 키워야겠다고 마음먹은 날이다. 갈 곳 없는 유기묘의 글을 보고 안타까운 마음이 들어, 임시보호처를 구한다는 글을 보자마자 나도 모르게 연락을 하게 되었다. 고양이 구조자와 연락이 닿고 나서, 나는 고양이 용품들을 급하게 주문하며 나는 고양이를 집으로 데려올 마음의 준비를 하고 있었다. 하나둘 고양이용품들이 집으로 도착하는 와중에 구조자에게 아이를 본인 집에서 임시보호하게 되었다는 소식을 듣게 되었다. 아쉬운 마음에 도착한 고양이

용품을 멍하니 보고 있던 나는 문득 길을 가다 보았던 고양이 보호소가 생각이 났다.

"지금은 보호소에 이 아이만 남아있어요."

집과 멀지 않은 보호소에 도착해보니, 태어난 지 몇 개월 채 되지 않은 작은 고양이들은 모두 적지 않은 분양비로 분양을 기다리고 있었다. 구조되어 보호소에 온 고양이는 몸집이 큰 노란 치즈 색의 코숏(코리안 숏헤어)뿐이었다.

'이렇게 큰아이를 내가 데려다가 키울 수 있을까...'

마음을 굳게 먹고 보호소에 갔지만, 막상 다 큰 고양이를 보니 이런저런 걱정이 앞섰다. 고양이가 작은 집에 적응할 수 있을까. 내 집도 아닌데 가구와 벽지를 다 긁어버리면 어떡하지... 다 큰 고양이가 새로운 주인과 잘 지낼 수 있을까... 쉽사리 입양 결정을 하지 못하고 고양이를 한참이나 쳐다보면서 앞을 서성거렸다.

"한번 만져보시겠어요?"

입양을 결정하지 못하고 한 시간이나 투명 케이지 앞에서 서성거리던 내게 보호소 직원이 말을 걸어왔다. 내가 고개를 끄덕이자 고양이가 들어 있던 좁은 케이지의 문이 열렸고, 치즈

색의 털과 노란빛의 영롱한 눈을 가진 성묘 고양이가 머리를 빼꼼히 내밀고 만져달라는 시늉을 했다.

"얘가 원래 이런 애가 아닌데요. 오늘 너무 순하네요. 신기해요"

평소에는 심하게 하악질을 하며 경계하는 고양이가 유난히 내 앞에서 순해진다니... 이런 게 말로만 듣던 간택인가. 고양이에게 선택받은 신기한 기분이 들었다. 지금 생각해보면 직원이 고양이의 입양을 위해 일부러 이야기 한 말 같기도 하지만, 고양이의 머리를 쓰다듬으며 노란색 눈빛에 빠진 나는 순식간에 입양계약서를 쓰고 고양이를 집에 데려오게 되었다.

노란색의 동그란 눈을 가진 랑이와의 만남

노란색 빛나는 눈을 가진 랑이와의 동거

　고양이와 함께하는 생활은 놀라움의 일상이었다. 처음에는 내가 어찌하지 못하는 움직이는 생명체가 집에 있다는 사실에 어찌할 줄 몰랐다. 벽지에 긁힘 하나 없는 새집의 벽지를 뜯진 않을까. 가구를 발톱으로 긁으면 어쩌지... 이런저런 걱정에 잠을 설치기도 하였다.

　다행히 랑이는 생각보다 순한 고양이였다. 가구와 벽지에는 손도 안댈뿐더러 야행성이라는 고양이의 습성과는 무관하게 내가 불을 끄면 함께 침대에 누워 잠을 자곤 했다. 아침에는 출근하는 나를 쪼르르 배웅 나와 주고 퇴근하면 현관까지 나와 동그랗고 노란빛의 눈으로 반갑게 마중해주었다. 한동안은 고양이의 무시무시한 털 빠짐에 놀라워하며 옷에서 털을 털어내느라 고생했지만, 이 또한 얼마 가지 않아 옷에 붙은 털까지 사랑할 정도로 큰 고양이 랑이에게 빠지게 되었다. 반짝반짝 빛나는 노란색 눈을 가진 아이에게 랑이라는 이름을 붙여주었다.

　랑이와 함께하는 일상은 내게 축복이었다. 고양이를 처음 키워보는 나에게 랑이는 행복을 선물해주었다. 이름을 부르면 달려오고 기분이 좋으면 강아지처럼 꼬리를 흔들며, 내가 움직일 때마다 쪼르르 따라다니는 모습들이 모두 놀랍고 사랑스러웠다. 입양의 걱정이 무색할 만큼 랑이는 일상의 소소한 행복을 느끼게 해 주었다.

랑이를 키우며 내 생활은 완전히 바뀌었다. 적막한 집에 혼자 있기 싫어 집에 늦게 들어오곤 했었던 나지만, 랑이를 키우고 나서는 랑이를 한시라도 빨리 보고 싶어 퇴근하고 집 앞으로 뛰어오는 날들도 있었다. 아침잠이 많음에도 불구하고 온종일 혼자 있을 랑이와 십 분이라도 놀아주고 가고 싶어 더 일찍 일어나는 날도 있었다. 랑이는 그렇게 내 삶을 놀랍도록 긍정적이고 밝게 바꾸어 주었다.

새 가족에게 적응하여 평온을 찾은 랑이

몸만 큰 아기고양이 랑이의 수술

랑이와 함께 한 지 일 년 반 정도의 시간이 지난 어느 날 이 었다. 랑이의 귀가 이상하게 부풀어 있고, 안에 붉게 피가 차 있는 게 보였다. 겁이 난 나는 랑이를 끌어안고 저녁 늦게 동 물병원에 찾아갔다.

"혈종이네요. 이건 수술하셔야 되세요."

의사 선생님의 얼굴과 겁먹은 랑이의 얼굴을 번갈아보며 이 작은 아이가(몸은 크지만 내 눈엔 아직도 아기로 보였다.) 수 술을 버텨낼 수 있을지 걱정이 되었다. 가뜩이나 유기묘 시절 에 병원에 대한 트라우마가 있었는지, 병원에만 가면 하악질 을 하며 이리저리 도망 다니는 앙칼진 고양이로 변하는 랑이 였다. 안심하라고 하시는 의사 선생님의 이야기를 듣고 초조 하게 랑이의 수술이 끝나기만을 기다렸다.

몇 시간 뒤, 수술이 끝난 후 머리를 붕대로 칭칭 감은 랑이를 만날 수 있었다. 아직 마취가 덜 풀렸는지 눈을 제대로 못 뜨 고 걸을 수도 없는 랑이를 보며 안타까운 마음이 들었다. 마취 에서 곧 깨어날 거라는 의사 선생님의 말씀과는 다르게, 아무 리 기다려도 랑이는 밤 늦게까지 마취에서 깨어날 줄 몰랐다.

"선생님 랑이가 아직도 마취에서 못 깨어나는데요. 괜찮을까요?"

밤 10시가 넘은 시간이었다. 불안한 나머지 늦은 시간임에도 불구하고 실례를 무릅쓰고 병원에 전화했다. 일단 조금 더 기다려보고 연락 달라는 답을 듣고, 랑이가 깨어나지 못할까 봐 랑이를 꼬옥 끌어안고 앉아있었다. 마취에서 깨어나지 못한 랑이는 거친 숨을 내쉬고 불편한 귀 쪽을 발로 심하게 발길질하며 누워있었다.

삼십분 쯤 더 지났을까. 막 태어난 송아지가 걸음마를 떼는 것처럼 갑자기 랑이가 자리에서 번쩍 일어났다. 다행히 마취에서 깨어난 것이다. 나는 너무 기쁜 나머지 랑이를 꼭 끌어안았다. 랑이가 깨어나지 못할까 봐 노심초사하던 나는 안도의 숨을 내쉬었다.

그 후 나는 랑이의 수술 실밥을 빼주며 아픈 아기를 대하는 것처럼 마음을 담아 간호했다. 랑이는 그날의 혈종 수술로 인해 귀에 상처를 얻었고, 뾰족했던 왼쪽 귀 끝은 둥그렇게 접히게 되었다. 귀 모양이 어떻든 나에겐 그렇게 중요하지 않았다. 랑이가 마취에서 깨어나지 못하고 몸에 힘이 없이 축 늘어져 있는 모습은 나에게 큰 충격이었고, 그날 이후로는 랑이가 건강한 게 나의 가장 큰 바람이 되었다. 몇 달이 지난 지금도 랑이 귀의 상처는 여전하고, 접힌 귀 모양도 여전하지만, 이제는 랑이의 접힌 귀 모양까지 너무나도 사랑스럽게 느껴진다.

〉랑이가 내게 준 안온한 위로

동물이 주는 위로는 태어나서 느껴보지 못한 가장 큰 따스한 온기였다. 랑이가 수술을 마치고 무사히 완치된 후 얼마 되지 않아 나에게 살면서 겪고 싶지 않은 가장 큰 일이 닥치게 되었다. 평소 건강이 좋지 않아 치료받으신 아버지의 건강이 하루아침에 심각하게 악화한 것이다. 정말 믿을 수 없는 충격적인 사건이었다. 나는 그날 갑작스럽게 좋지 않은 소식을 듣고 삶의 의지를 잃을 정도의 심한 우울감에 빠지게 되었다.

하루가 어떻게 지나가는지 모를 정도로 정신이 없었던 나날이었다. 낮에는 어쩔 수 없이 직장에서 일하며 괜찮은 척해야 했지만, 저녁이 되어 귀가를 하면 전화기도 꺼 놓고 정신을 놓고 있었다. 고요한 집에 오면 정적만 흘렀고, 집에는 랑이와 나 둘뿐이었다.

랑이도 나의 이상한 기운을 느꼈었던 것 같다. 집에 오면 누워서 울고 있으면 랑이가 항상 옆에 와서 앉아있었다. 가끔은 내 옆에 누워 있어 주기도 하고 내 얼굴을 핥아 주며 마치 슬퍼하는 나를 위로해주고 싶다는 모양새를 하였다.

그때부터 랑이는 내 팔을 베고 자기 시작한 것 같다. 내가 우울해하고 있으면 랑이는 내 팔 안으로 파고들어 와서 내 팔을 베고 코를 골며 잠들곤 했다. 그게 내가 그 힘든 시간을 버틸 수 있었던 순간들이었다. 랑이는 그렇게 내게 묵묵히 따스한 위로를 건네고 있었다.

지나고 나니 랑이가 마취에서 깨어나지 못했던 힘들었던 날과 내가 삶의 의욕을 잃고 견딜 수 없을 때 우리는 서로의 위안이 되었다. 따스한 온기를 나누며 서로 마음의 안정을 찾았던 것 같다. 서로 가장 힘들었던 순간에 함께 있었고, 내가 랑이에게 준 사랑 이상으로 랑이는 나에게 큰 힘과 위로를 주었다. 보호소에 머물던 랑이를 내가 구해주었다고 생각해왔지만, 실은 랑이가 내 삶과 세상을 구원해준 것이다.

내가 사랑하는 랑이의 순간

성묘를 반려묘로 맞는다는 것

   고양이를 입양하는 분들은 누구나 작은 고양이를 데려오기를 희망한다. 많은 이유가 있겠지만 모든 동물이 그러하듯이 작은 아이들이 너무도 귀엽기 때문일 것이다. 그러한 이유로 몸이 다 큰 성묘 고양이들은 입양될 확률이 현저히 떨어지게 된다. 하지만 실제로 길에서 자라거나 주인으로부터 버려져 구조된 고양이들은 성묘일 확률이 높다. 즉 많은 성묘들이 입양되지 못하고 입양되기를 기다리며 오랜 시간을 보낸다는 것이다.

   성묘를 입양할 때 할 수 있는 걱정들은 당연히 많다. 나 또한 이전 주인에게 적응했던 고양이가 나에게 적응할 수 있을지, 이전의 환경이 익숙해서 새로운 환경에 적응하지 못하지는 않을까를 가장 많이 걱정했었다. 실제로 합사(고양이들을 함께 생활하게 하는 것) 문제, 고양이들의 성격 차이들로 인하여 안타깝게 파양되는 경우도 있다. 하지만 어떠한 마음을 먹고 고양이를 바라보는가에 따라 고양이가 새로운 환경에 적응하여 행복하게 살 수 있을지가 결정된다고 생각된다.

   랑이를 키우는 문제도 처음에는 간단하지 않았다. 랑이가 나에게 몸을 부비면 옷에 달라붙는 하얀 털들이 스트레스로 다가왔고, 한시도 가만있지 않고 내가 무언가를 하면 방해하는 아이가 당황스러웠다.

혼자 있으면 불안을 자주 느끼는 랑이는 가끔 혹은 자주 내 침대에 실수를 했고, 나는 평소에는 잘 하지 않던 이불 빨래를 자주 하게 되었다. 하지만 이 모든 일들이 랑이가 전 주인에게 버려지고 좁디좁은 보호소의 케이지 안에서 생활했기 때문에 사랑이 필요해 하는 행동이라고 생각하니 이해할 수 있었다. 태어난 지 얼마 되지 않은 고양이도 아니고 다 자라 모든 걸 기억할 수 있는 고양이가 주인에게 버려지고 낯선 보호소 생활을 하는 경험을 하게 되었다고 생각하니, 일어나는 모든 일을 따뜻하게 바라볼 수 있었다. 오히려 성묘가 되어 낯선 우리집에 오게 된 랑이가 잘 적응한 것만으로도 정말 고마운 일이라는 생각이 들었다. 지금은 새로 입양한 동생과 잘 지내는 모습을 보며 랑이에게 더욱 감사한 마음이 든다.

성묘를 입양하는 일은 아기고양이를 입양하는 일보다 더 큰 마음을 먹어야 하는 것이 사실이다. 하지만 따스한 마음을 품고 고양이들을 바라보게 된다면 아픈 아이들에게 마음을 열고 가족으로 맞이할 수 있게 된다. 성묘들의 입양에 대한 따스한 시선이 많아져 랑이처럼 아픈 기억을 가진 고양이들이 마음의 치유를 받을 수 있었으면 좋겠다.

세상의 모든 고양이들이 행복하길.

슬 X 콩, 가루

그다지 섬세하지 않은 내가

계절을 느끼고 알아가는 건 다 너희 덕분이야.

Writer

X

슬
. . . .
Email : shin3212@nate.com

콩가루 가족의 대장 '슬'입니다.

가르치는 일을 하고 있지만, 배우고 쓰는 일을 좋아합니다.

육아&육견&육묘로 매일을 바쁘게, 그러나 행복하게 지냅니다.

콩가루 가족의 이야기를 하게 되어 즐겁습니다.

고양이+개+아기=?

#콩가루 가족

조막만 한 예쁜 얼굴에 덜렁거리는 반전 뱃살을 자랑하는 11살 고양이 가루. 장난기 어린 표정에 튼실한 근육을 장착한 9살 개 콩. 겁 없이 동물 이모들을 향해 돌진을 시도하는 9개월 아기 다. 그리고 부부. 우리는 콩가루 가족이다.

콩가루는 원래 친정에서 키우던 아이들이다. 그래서 콩가루에게 나는 엄마가 아닌 언니, 남편은 아빠가 아닌 오빠다. 결혼을 준비하던 중 친정엄마가 천식 증상을 보여 알레르기 검사를 하게 되었다. 이미 4년이나 가루랑 같이 살고 있던 때에 갑자기 고양이 알레르기 수치가 높게 나오면서 가루는 내가 신혼집으로 데려가기로 결정했다. 가루만 데려가자니 만 2년을 같이 살면서 서로 나름의 의지를 하고 있을 콩가루를 떼어놓는 것이 마음에 걸렸다. 다행히 콩가루를 예뻐하는 남편과의 원만한 협의로 콩가루 모두 신혼집에 데려와 함께 살게 되었다.

#새집 적응기

둘을 떼어놓았으면 어쩔 뻔했나 싶을 정도로 콩가루는 새로운 집에 잘 적응했다. 처음엔 부부가 모두 출근을 해야 하니 아무래도 분리불안이나 새집에 대한 부적응이 있지 않을지 걱정을 했다. 하지만 걱정은 오래가지 않았다. 홈 캠으로 매일 콩가루의 장난-으로 시작한 사고-들을 라이브로 목격하며 걱정의 이유가 점점 바뀌어 갔다.

가루가 높은 곳의 물건을 손으로 쳐서 떨어트리면 콩이가 먹어 치우거나 파괴하는 2인(?) 1조의 협동 작전, 온 집안의 물건을 자유분방하게 만드는 둘의 술래잡기가 매일 이어졌기 때문이다. 혹시라도 무언가를 깨거나 먹지 못하는 것을 먹을까 하는 걱정을 하게 되었다. 홈 캠으로 사고 영상을 실시간으로 보면서 식탁 위에 누가 뭘 올려두었는지 서로 친절하게 지적하고 자책하는 메시지를 얼마나 주고받았던가.

어느새 홈 캠으로 지켜보지 않아도 걱정되지 않을 정도로 콩가루는 편안하게 지냈다. 우리 부부도 먹던 음식을 식탁 위에 그냥 올려두지 않고, 딱 물어뜯고 싶게 생긴 이어폰이나 립밤 같은 물건은 넣어두는 걸 습관화하려고 노력했다. 가끔 열어둔 파우치에서 립스틱을 꺼낸 콩이가 빨간 응가를 할 때면 당황하지 않고 '아직 내가 멀었구나.' 하고 인자하게 반성하는 경지에 오를 때쯤 우리의 새집 적응이 끝났다.

#새로운 가족의 등장

결혼 5년 만에 아기가 생겼다. 우리의 아기, 다다. 우리 부부는 다다와 콩가루가 만나는 순간을 꿈꾸기 시작했다. 동물들은 보호자가 임신한 것을 알아서 배에 기대거나 조심스러운 행동을 한다고도 하고, 실제로 그런 영상을 보기도 해서 임신 기간 동안 내심 기대를 했다. 하지만 무심한 콩가루는 만삭의 배를 보고도 전혀 관심이 없었다. 늘 하던 대로 꾹꾹 밟고 다니기까지 했다. 맞아, 너희는 지진도 아랑곳하지 않는 예민함이라고는 눈곱만큼도 없는 동물들이었지?

아무리 무던한 콩가루라도 아기와의 만남은 걱정이 되었다. 특히 콩이는 집에 놀러 온 어린이들에게 짖은 전적이 있기 때문에 더 걱정했다. 아기와 강아지의 첫 만남과 관련된 동물 프로그램을 돌려보고, 유튜브와 블로그를 보며 다다와 콩가루의 만남을 준비했다.

무엇보다 신경을 쓴 건 다다를 데려오는 당일이었다. 2주 동안 집을 비운 내가 다다를 안고 들어가면 콩가루가 배신감을 느낄까 봐 마치 첫째에게 동생을 소개하듯 내가 먼저 콩가루를 만났다. 우리가 반가운 인사를 나눌 동안 남편이 다다를 바구니 카시트에 태운 채 집에 들어왔다. 속싸개에 싸여 침대에 누운 다다와 아기를 향해 킁킁거리는 두 개의 코. 콩가루와 다다의 첫 만남은 부부가 오래 바라고 그렸던 대로 평화로웠다.

〈콩가루와 다다의 부드러운 만남을 위해 우리가 한 준비들〉

- 큰 아기용품은 미리 설치해서 적응시키기.
아기 침대와 서랍, 유모차를 한 달 전에 설치했다.

- 콩가루 털과 발톱 정리하기.
스트레스가 없는 상태로 만나게 하기 위해 일주일 전에 했다.

- 다다가 오기 전 냄새로 먼저 소개하기.
조리원에서 다다가 쓴 손수건을 남편이 매일 집에 가져와 콩가루가
냄새를 맡게 했다.

- 매일 아기가 온다고 말해주기.
콩가루는 모두 듣고 느끼고 있을 테니까.

#아기와 고양이와 강아지

고양이는 공동육아를 한다는 말을 들은 적이 있다. 가루는 그 말대로 나와 공동육아를 하기 시작했다. 엄마가 제일 힘들다는 생후 30일까지의 신생아시기에 가루 덕분에 많이 웃을 수 있었다. 공동육아라고 해서 가루가 재워주고 놀아준 건 아니다. 그냥 지켜봤을 뿐. 그렇지만 함께 아기를 지켜봐 주는 것만으로도 마음이 편하고 이상하게도 의지가 되었다. 낮에는 물론이고 밤에도 수유를 하기 위해 아기를 안으면 어느새 옆에 와 앉아있었다. 편하게 자도 되는데 앉아서 졸면서도 트름을 시키고 다시 다다를 눕힐 때까지 자리를 떠나지 않았다. 새벽 수유 시간을 함께 보내느라 나만큼 가루도 나날이 퀭해져 갔다. 고양이의 진한 의리를 느낄 수 있었다.

콩이는 신생아 다다에게는 관심이 없었다. 마치 인형이 하나 떨어져 있는 것처럼 여기는 것 같았다. 다다가 뒤집고, 기면서 콩이에게 관심을 가지자 콩이는 다다를 피하기 시작했다. 조금만 옆에 가까이 가도 화들짝 놀라면서 도망가버렸다. 다다가 9개월이 된 지금은 매일 장난감을 두고 싸우는 콩이와 다다 덕에 하루가 정신없이 흘러간다.

다다는 콩이 덕에 생후 30일쯤부터 동네 산책을 시작했다. 아기를 낳고 집에만 있던 내가 이제는 도저히 좀이 쑤셔서 견딜 수 없을 때쯤 콩이 산책이라는 좋은 핑계를 찾은 것이다.

처음으로 아기 띠에 다다를 안고 콩이를 데리고 나간 날, 콩이는 오랜만에 나와 하는 산책에 들떠 보였다. 하지만 나는 아파트 단지 안만 돌다 10분 만에 집에 돌아올 수밖에 없었다. 작은 아기를 안고 다니는 것이 너무도 조심스러웠기 때문이다. 하지만 바깥 공기를 쐬는 맛을 알아버린 나는 계속 산책을 시도했다. 결국 아기와 개를 데리고 혼자 편하게 산책하는 능력을 얻게 되었고, 남편의 퇴근 시간에 맞춰 동네를 한 바퀴 돌고 마중을 나가는 여유까지 부리는 경지에 이르렀다.

육아에 있어 콩가루의 존재는 아기가 잠들지 못하는 밤에 특히나 빛을 발한다. 마치 마법의 단어처럼 "콩아~ 가루야~"하고 부르면 다다는 울음을 뚝 그친다.

콩가루와 다다가 처음부터 잘 지낸 건 정말 행복한 일이다. 하지만 매일 평화롭기만 한 것은 아니다. 한 번은 자고 있는 콩이에게 다다가 다가가자 콩이가 크게 "왕!"하고 짖으며 입질을 시도한 적이 있다. 다행히도 살짝 스친 것으로 끝났지만 아기와 동물을 함께 키우며 조심해야 할 일들을 상기하는 계기가 되었다. 다다가 콩가루를 괴롭히지 않도록, 콩가루가 다다를 공격하지 않도록 잘 지켜보고 항상 옆에 있는 것이 우리 부부가 할 일이다. 아기와 고양이와 강아지 모두가 행복할 수 있게 끊임없는 노력이 필요하겠지.

우리들에게도 처음이 있었지

#고양이를 키울 거라고?

평일에는 기숙사 생활을 하고 주말에는 본가에서 지내며 대학 생활을 했다. 여느 때처럼 집으로 가고 있던 어느 날 열세 살 아지가 우리를 떠났다. 집에 도착한 나는 끝내 아지를 보지 못했다. 내 눈으로 확인하고 인정하고 싶지 않았다. 펫 로스 증후군. 그땐 그런 말이 있는지도 몰랐다. 그 자리에 있는 게 당연했던 아지가 떠나고 나니 미안함과 허전함에 많이 힘들었다. 10년이 더 넘은 지금도 아지를 떠올리면 무조건 반사처럼 눈물이 난다. 내 소중한 첫 강아지.

아지가 떠나고 몇 달이 흘렀을 때 기숙사에 있는 나에게 엄마가 연락을 했다. 고양이를 데려올 거라고. 이게 무슨 뚱딴지같은 말인가 싶었다. 아닌 게 아니라 엄마는 개는 정말 사랑하지만, 고양이는 요물이라 무서워서 절대 키우지 못한다고 말해오던 사람이기 때문이다. 아지가 떠나고 절대 동물을 다시 키우지 않을 거라던 엄마가 강아지도 아닌 고양이라니?

고양이를 키우겠다는 엄마의 결심에는 수긍할 수밖에 없는 이유가 있었다. 인연이었다. 어느 식당 앞에 쓰레기처럼 상자가 놓여 있었고 그 속에는 눈도 못 뜬 채 버려진 새끼 고양이가 있었단다. 새끼 고양이가 든 상자를 발견한 엄마의 지인은 갑자기 엄마를 떠올려 전화를 했고, 엄마는 하얀 새끼 고양이의 사진을 보는 순간 아지를 떠올렸단다.

"내 인생에 고양이를 키울 거라는 생각은 한 번도 해본 적이 없는데, 아지가 환생해서 다시 온 것 같아서."

엄마는 그 작은 새끼 고양이에게서 아지를 보았고, 그렇게 가루는 우리의 고양이가 되었다.

새끼 고양이를 키우는 건 생각보다 고된 일이었다. 2시간마다 분유를 먹여야 했고, 때마다 엉덩이를 톡톡 두드려 배변을 시켜야했다. 마침 방학을 맞은 나와 엄마, (지금의 남편이 된) 남자친구, 바로 옆 아파트에 사는 이모까지 동원되어 엄마 고양이의 일을 대신해 신생아 고양이를 키워냈다. 처음으로 불린 사료를 주니 정신없이 먹고 배가 터질 듯 부풀었던 날, 집에서 사라져 한참을 찾았더니 티슈 상자 속에 숨어있는 걸 발견한 날, 너무 작아서 손바닥 위에서도 널브러져 자던 날들이 어제처럼 생생히 기억난다.

나의 첫 고양이는 열한 살이 되었다. 하지만 이 글을 쓰는 지금도 그때와 다름없는, 아니 훨씬 더 사랑스러운 모습으로 내 옆에 누워 잠을 자고 있다. 괜히 등을 쓰다듬으니 눈도 뜨지 않고 고개만 슥 돌렸다가 다시 눕는 가루. 넌 아니? 아직도 너는 나에게 아기 고양이처럼 예쁘기만 하다는걸.

#이번에는 개도 키우겠다고?

가루가 2살이 되던 해, 엄마의 두 번째 선포가 있었다. 이번에도 갑자기. 강아지를 데려오겠다는 것이다. 엄마의 다른 지인에게서 키우던 개가 새끼를 낳았다고 데려가지 않겠냐는 연락이 왔단다. 이제 막 태어났으니 젖을 뗄 때쯤 데려가라는 것이었다. 발등에 불이 떨어졌다. 성묘가 있는 가정에 아기 강아지를 데려오려면 어떻게 해야 하는지 공부해야 했다. 지금 생각하면 좀 이상한데 가족 중 어느 누구도 강아지를 데려오는 것을 반대하지 않았다. 데려오는 것은 당연하고, 어떻게 하면 잘 키울 수 있느냐만 고민할 문제였다.

콩이가 오는 날, 공부했던 대로 거실 한쪽에 울타리를 쳐 콩이의 공간을 마련했다. 콩이가 가루의 공간을 침범하지 않도록 하고, 콩이에게는 가루의 냄새가 묻은 방석과 인형을 주었다. 성공적인 합사를 위해 당분간은 고생을 하겠다고 각오하며 콩이를 데려왔다. 각오가 무색하게 콩이는 자연스럽게 가족이 되어 우리는 생각지도 못한 1묘 1견 가정이 되었다.

엄마와 떨어져 처음 온 우리 집에서 낯설 법도 한데 첫날부터 자기보다 큰 인형을 물고 흔들며 놀더니 주는 대로 잘 먹고 잘 자며 원래부터 살던 집인 마냥 행동했다. 적응이랄 것도 없이 가족들에게 배를 뒤집어 보이고 꼬리를 흔드는 넉살이란. 그 넉살은 가루에게도 마찬가지였다. 짧은 다리를 통통거리며 가루를 따라다니고, 가루도 콩이가 아기인 걸 아는지 그냥 무심히 눈길만 주며 무난하게 콩이를 받아주었다.

가루는 콩이가 자기만큼 커질 줄 알았을까? 캣타워 꼭대기까지 따라 올라와 귀찮게 굴고, 간식 먹을 때는 부담스럽게 쳐다보다 남은 간식을 다 먹어 치우고, 우다다에 식빵 굽기까지 자기를 따라 할 줄 알았을까? 서로 죽고 못 사는 사이는 아니지만, 반나절 떨어져 있으면 서로를 찾고, 사고를 칠 땐 죽이 척척 맞고, 아주 가끔 딱 붙어 잠을 청하기도 하는 좋은 친구 사이가 될 줄 알았을까?

고양이와 개를 둘 다 키우고 있다고 말하면 놀라는 사람들이 많다. '싸우지 않냐, 힘들지 않냐?'는 질문도 많이 들었다. 모든 고양이와 개가 콩가루처럼 쉽게 친해질 수 있는 게 아닌 걸 알고 있다. 그래서 콩가루가 서로를 받아주어서 고맙기만 하다. 사람의 욕심으로 만든 가족이지만 진짜 가족이 돼주어서. 이제는 떼려야 뗄 수 없는 친구가 돼주어서 정말 고맙다.

콩가루의 어린 시절

｝에피소드

#너희가 계절을 알게 해

갑자기 집안 여기저기에 하얀 솜털이 굴러다니기 시작한다. 콩가루의 체온을 지켜주던 두툼한 털들이 제 할일을 마치고 빗질을 할 때마다 빗에 잔뜩 붙어 나온다. 봄이 온 것이다. 진드기와 심장사상충 예방을 위해 일 년치 약을 미리 주문하고, 하루 날을 잡아 봄맞이 미용을 하며 봄을 맞이한다.

날씨가 점점 더워질수록 침대는 넓어진다. 베개 위, 다리 사이, 겨드랑이 아래를 차지하던 털 뭉치들이 더위를 이기지 못하고 슬슬 시원한 곳을 찾아 내려가기 때문이다. 옹기종기 모여 서로 몸을 맞대고 자는 것이 반려인의 소소한 행복이라 콩가루가 따로 자겠다며 가버리는 여름밤이 정말 아쉽다. 열대야를 피해 에어컨을 켜고 자는 날이면 슬금슬금 다시 침대 위에 자리를 잡는 녀석들을 보면서 남편과 피식 웃게 되는 것이 콩가루와 함께하는 여름의 행복이다.

넓은 침대를 즐기는 건 잠깐이다. 조금씩 선선한 바람이 불기 시작하면 복슬복슬해지는 털 뭉치들이 다시 이불을 파고들기 시작한다. 반려인의 임신에는 무심해도 잠자리 온도에는 예민한 콩가루다. 해가 떠 있을 때 산책을 나가도 콩이의 혀가 헐떡이지 않으면 가을이 온 것이다. 낮아지는 온도에 가루가 무기력해지지 않게 간식과 캣닢 스프레이, 놀이를 신경 쓰게 된다. 너무 추워지기 전에 주말마다 콩이와 아웃도어 라이프를 즐기는 것도 가을에 꼭 해야 할 일이다.

겨울이면 콩가루는 늦은 오후 베란다로 길게 든 햇빛을 찾아 누워 낮잠을 즐긴다. 콩이의 산책에 옷이 등장하기 시작한다. 가루는 다시 털찐이가 되고 어디든 담요를 두기만 하면 찾아들기 바쁘다. 점점 추워지는 겨울에도 집안을 덥히는 콩가루의 나른함에서 안온함을 느낀다.

바쁘다는 이유로 계절이 바뀌는 것도 모르고 살 뻔했다. 콩이 덕에 잠깐이라도 매일 바깥의 날씨를 느낄 수 있고, 가루 덕에 집안의 온도가 변해가는 걸 알아차린다. 그다지 섬세하지 않은 내가 계절을 느끼고 알아가는 건 다 너희 덕분이야.

누운 오습이 꼭 닮은 너희들

#셀프 미용의 역사

나는 콩가루 한정 반려동물 미용사다. 바리깡과 가위 하나로 셀프 미용을 한 지도 벌써 6년이 되었다. 처음에는 샵을 이용했지만, 미용을 다녀온 어느 날부터 갑자기 콩이가 발을 만지거나 얼굴 털을 깎는 것을 극도로 싫어하기 시작하면서 셀프 미용이 시작되었다. 샵에서 강압적이거나 폭력적인 어떤 일이 있었을 거라 추측은 하지만 어떤 증거도 없어서 그저 집에서 최대한 스트레스 받지 않게 미용을 해주는 것이 최선이라 생각했다.

가루는 한 번도 미용을 위해 샵에 가본 적이 없다. 극도로 낯을 가리는 전형적인 고양이라 남에게 맡기는 건 상상도 할 수 없다. 고양이는 미용을 위해 마취를 해야 하는 것도 샵에 보내지 못하는 이유다. 고양이는 털을 꼭 밀지 않아도 된다고 하지만 빠지는 털을 감당하기 힘들 때 연례행사처럼 미용을 하곤 한다. 털을 깎는 순간에는 좀 싫어하지만, 생닭 비스무리하게 변한 자신의 모습에 속상해하지는 않아서 다행이다.

목이 늘어난 티셔츠, 고무줄 터진 바지는 콩가루 미용실이 열리면 나의 작업복으로 그만이다. 모아두었다가 미용하는 날 콩가루 털이 범벅이 되면 그제서야 만족스럽게 버린다. 이제는 전날 미리 바리깡을 꺼내 충전하며 콩가루에게 예고를 하는 여유와 3시간 이내로 고양이 한 마리, 강아지 한 마리의 털을 모두 깎는 속도를 겸비한 명실상부 반려견 미용사가 되었다. 콩가루가 최대한 스트레스를 받지 않고 미용할 수 있는 것만으로도 셀프 미용사는 자부심을 느낀다.

#언니의 소원은 콩가루의 무병장수

얼마 전 산책을 하다가 콩이가 땅에 떨어져 있던 벌을 밟아 발을 쏘이는 바람에 오랜만에 동물병원을 다녀왔다. 그러고 보니 콩가루는 중성화수술과 건강검진 말고는 병원에 갈 일이 많이 없었다. 반려동물과 살면서 이보다 더 감사한 일이 있을까.

콩이는 타고난 텐션 덕에 한 살 때 자기 몸보다 큰 인형을 물고 신나게 흔들다가 목이 삐어서 깁스를 한 적이 있다. 강아지도 목에 깁스를 할 수 있다는 걸 그때 처음 알았다. 과식과 변비 탓에 배가 빵빵해져서 병원에 간 적도 있었다. 콩이의 병원행은 어쩜 하나같이 시트콤이다. 가루는 최근 항문낭염으로 치료를 받았다. 몇 년만에 한 넥카라 때문에 고생을 좀 했지만 일주일 만에 빠르게 회복해서 참 다행이다. 가루의 병원 방문은 정말 한 손에 꼽을 수 있을 정도다.

노묘, 노견이라고 불릴 수 있는 나이의 콩가루는 요즘도 가끔 동안이라는 말을 듣는다. 동물들의 몸 상태는 더더욱 겉으로 드러난다고 생각하기 때문에 '동안이다, 예쁘다'라는 말이 건강해 보인다는 말로 들려 기분이 좋다. 콩가루가 아프지 않고 오래 우리와 함께하는 게 아이들에게 바라는 나의 유일한 소원이다.

〉 행복하자, 행복하자 우리.

콩가루 가족, 우리의 이야기를 쓰는 건 기억하기 위해서다. 벌써 11살, 9살이 된 우리 콩가루. 반려동물의 삶은 짧기에 언젠가 이별이 올 거라는 걸 안다. 그 이별이 아주아주 나중에 오길 바랄 뿐이다. 우스갯소리에 진심을 가득 담아 말하곤 한다. '세상에 이런 일이'에 소개될 만큼 건강하게 오래 살라고.

아직은 이별보다 우리가 함께 보내는 매일의 일상만 생각하려 한다. 우리의 매일이 행복하길. 한 침대에서 잠드는 우리 가족 모두가 오늘을 즐거움으로 기억했으면 한다. 오늘 먹은 간식이 맛있었지, 다다가 던져주는 공놀이가 재미있었지, 캣타워 꼭대기에서 잡은 리본 끈이 자랑스러웠지, 콩가루의 등은 따뜻하고 부드러웠지.

고양이와 강아지, 아기와 부부. 우리가 함께라서 행복하다. 행복하자, 우리.

#어느 여름밤_

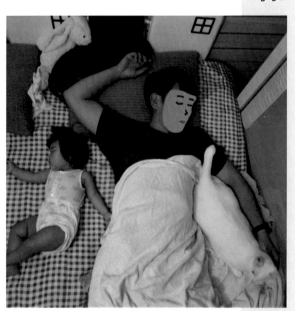

박수연 X 산

산이는 봄이 가면 여름이 오듯

너무나도 당연하게 처음부터

그랬던 것처럼 우리에게 스며들었다.

Writer

산이

X

박수연

• • • • • • • • • • • • •

Instagram : @bje0430

본캐는 산이맘. 부캐는 수중 정화 활동에 푹 빠져있는 프리다이버.

사랑하는 우리 아빠, 엄마, 그리고 내 하나뿐인 동생 영훈이

항상 너무 너무 미안하고, 고맙고, 온 마음을 다해 사랑합니다.

날 닮은 너, 널 닮은 나

#산이와 함께한 14년, 첫 만남부터 지금까지

보드라운 털, 동그란 눈, 너무나 작고 귀여운 천사 같은 얼굴, 어느 날, 너무나 불안하고 위태롭던 나의 인생에 산이가 나타났다. 매일 밤 코를 킁킁거리며 품으로 들어오는 산이와 그런 산이의 매력에 푹 빠져 버린 나는, 14년을 함께 울고 웃으며 오늘도 산이와 함께 스르륵 잠이 드는 작지만 확실한 행복을 누리며 고단했던 하루를 마무리한다.

#말로 표현할 수 없는 가장 큰 위로

미워하는데 사랑받고 싶은 마음도 있었던 것 같다. 그저 사랑의 표현 방법이 달랐던 것뿐인데 사랑받지 못하고 있다고 생각하며 아파하고 힘들어하던 시절이 분명 존재했다. 집은 조용할 날이 없었고 나는 나를 철저히 고립시켜버렸다.

그런 우리 가족에게 변화가 생기기 시작한 건 산이가 나타나면서부터였다. 평소 입버릇처럼 개와 한집에 살 바에는 집을 나가시겠던 엄마와 아빠도 조그맣고 새하얀 산이의 등장에 사르륵 녹아버리셨고, 남동생 또한 세상에서 가장 든든한 울타리가 되어주었다. 산이를 키우다 보니 부모님과 함께 보내는 시간이 자연스레 많아지면서 대화도 많이 나누게 되었고 어느덧 나는 조금씩 두 분의 마음을 이해하고 있었다. 그리고 알 수 있었다.

내가 얼마나 많은 사랑을 받았었는지...
내가 얼마나 철이 없었는지...
그동안 내가 두 분께 무슨 짓을 한 건지...

산이는 봄이 가면 여름이 오듯 너무나도 당연하게 처음부터 그랬던 것처럼 우리에게 스며들었다. 산이는 어쩌면 가장 힘들었을 그 시기에, 우리 가족에게는 말로 표현할 수 없는 가장 큰 위로가 되어주었고 지금도 존재 자체가 위로가 되고 힘이 되어 주고 있다. 우리는 이제 네 가족이 아닌 산이란 퍼즐까지 더해져야 완성되는 완전체 다섯 가족이 되었다.

#꼭 좋은날이 아니어도 괜찮았다, 네가 있었으니까

산이는 유독 엄살이 심했다. 처음 예방접종을 하던 날이 아직 눈앞에 선하다. 한참을 빙글빙글 돌았었다. 한참을 울었었다. 수의사 선생님도 한참을 당황하셨었다. 나도 한참을 어쩔 줄 몰라 발만 동동 굴렀다. 그런 산이에게 처음 생긴 질병이 아토피였다. 피가 날 때까지 핥고 또 핥았다. 못 핥게 말리면 긁고 피가 나도 또 긁었다. 병명을 알기 위해 안 해 본 검사가 없었다. 진단을 받기 까지도 몇 년이 걸렸고 산이는 인생의 반 이상을 넥카라를 차고 생활했다. 약을 먹이기는 했지만 큰 효과는 없었고 괴로워하는 산이를 지켜볼 수밖에 없어 애가 탔다. 그저 애처롭게 바라보는 눈을 외면할 수 없어 한두 점 주던 고기가 어느덧 주식이 되고 고기가 아니면 외면해버리는 산이를 그냥 두고 볼 수 없어 사랑이라고 믿고 행했던 그 무심했던 행동들이 산이를 이렇게 고통스럽게 만든 건 아닌지. 좀 더 많이 공부하지 못해 미안하다고... 완치가 안 되는 병이지만 언젠가는 꼭 소양감이라도 완화시켜 넥카라라도 풀어주겠다고 다짐하고 또 다짐했었다.

오래 먹인 스테로이드 때문인지 어느 날 또다시 내 가슴은 무너져내렸다. 산이의 심장소리가 이상하단다. 검사 결과 역시나 심장에 문제가 생겨버렸다. 말티즈에게는 흔한 질환이라고는 하지만 내 탓인 것만 같아 쉽게 충격에서 벗어나질 못했다. 산이의 약은 더 늘어났다. 아침과 저녁, 하루도 빠짐없이 꼬박꼬박 두 번 약을 먹여야만 했다. 그리고 주기적으로 검진도 해야만 했다. 산이는 약도, 검진도 적응이 될 법도 했지만, 끝까지 싫어했다. 온몸으로 거부하듯 지금도 병원 앞 큰 사거리에서 신호등 신호를 기다릴 때면 사시나무 떨듯 떨기 시작한다.

산이가 10살쯤 대던 해 드디어 새로운 치료제가 개발되었다. 한 달에 한번 맞는 주사였는데, 다행히 산이에게 잘 맞아서 드디어 산이는 지긋지긋한 넥카라를 벗어던지게 되었다. 그리고 아직까지는 내성이 생기지 않아 한 달에 한번 주사만으로 이 상태를 유지하고 있으며 더 이상 피가 날 때까지 긁지도, 핥지도 않는다. 하지만 심장 상태는 조금씩 안 좋아지고 있어서 약이 점점 늘어나고 있다.

산이가 없는 하루는 감히 상상조차 할 수 없으므로 엄마도 아빠도 산이에게 들어가는 돈은 아끼지 않으셨다. 주기적인 검진은 물론 아무리 내 몸이 귀찮고 아프더라도 산이 약은 단 한 번도 거르지 않았다. 산이와 14년을 함께하며 좋은 날만 있었던 건 아니었지만 산이로 인해 힘들었다거나 결코 내 삶이 불행하지는 않았다.

언제나 내 곁에는 산이가 있었으니까. 산이가 함께 있는 것만으로도 살아있다는 사실 하나에 벅차도록 기쁜 시간이었으니까.

#다가온 이별, 간암 말기

6개월에 한 번 있던 심장 검진이었다. 평소와 다름없던 아주 평범한 날이었다. 우리는 얼마 전 서울에 있는 근사한 호텔에 가서 일박을 보내고 왔고 그날을 곱씹기도 부족한 하루하루를 보내고 있었다. 엑스레이를 찍고 나온 산이를 달래고 있자니 산이의 이름이 불려졌다. 심장은 이전 크기와 크게 달라진 게 없었으나 안 보이던 무엇인가가 보인다고 하였다. 표정이 어두우셨다. 직감적으로 느낄 수 있었다. 무언가 큰일이 생겼다는 것을. 정밀검사가 이루어지고 지옥 같은 시간이 흐르고, 또 다른 검사들이 이어지고 산이의 간 곳곳에 퍼져있던 그것들의 정체가 밝혀졌다. 그것들은 우려했던 대로 종양이었다. 그중 가장 큰 종양을 제거하며 악성 여부를 판단하기로 하였다. 산이는 태어나 처음으로 우리와 오랜 시간을 떨어져 지내게 되었다.

입원을 하고, 수술을 하고 면회를 갔다가 돌아오는 그 시간은 표현할 수도 없는 지옥이었다. 그리고 안타깝게도 산이의 종양은 악성이었다. 종양의 퍼짐 정도로 산이는 간암 말기로 판정받았다. 사람과 마찬가지로 산이에게 해줄 수 있는 치료는 없다고 하셨다. 울고, 울고, 또 울었다.

세상이 무너지는 것 같았다. 속상해하는 엄마와 아빠, 그리고 동생을 보니 이런 슬픔을 겪게 만든 것이 온전히 나 때문인 것 같아 정말 미안하고 속상했다. 산이는 앞으로 통계상 3개월에서 4개월밖에 못 살거라 했다. 고민 끝에 가장 부작용이 덜한 먹는 항암제라도 먹여보기로 했다. 이렇게 보낼 수는 없었다. 아직은 어느 누구도 준비가 되어 있지 않았다.

이대로 산이를 보내면 우선 내가 무너져내릴 것만 같았다. 항암제 복용 후 한 달 만에 다시 검진이 이루어졌다. 항암제의 효과 덕인지 늘어난 암세포는 없다고 했다. 약의 내성만 생기지 않는다면 몇 개월은 더 살 수 있을 거라고.

가장 부작용이 덜한 약이라고는 하지만 산이의 몸에는 분명한 변화가 있었다. 털이 감당할 수 없을 만큼 빠지기 시작하였고 피부가 검게 변해갔다. 몸무게도 조금씩 빠지고 있었고 이따금 잠을 못 자는 날도 생겼다. 하지만 산이는 아프기 전과 큰 차이없이 산책도 하고 식사도 잘하며 6개월째 여전히 그 존재 자체만으로 아주 커다란 위로와 힘이 되어 주며 완전체 5인 가족으로 제 몫을 하고 있다.

#사랑해, 사랑해, 사랑해.

산이의 어린 시절이 아직도 너무 생생한데 어느새 이렇게 나이가 들고, 함께 할 날이 얼마 남지 않았다니...

더 많이 산책시켜주고 더 많이 함께 있어 주고, 맛있는 것도 더 많이 사주는 건데 후회만 하고 있기에는 너무너무 소중한 1분 1초인 걸 알지만, '마지막 순간에 무슨 말을 해주어야 할지, 가족들이 다 없을 때 마지막 순간이 오면 나는 어떡해야 할지.' 하는 생각이 들 때면 밀려드는 후회와 주체할 수 없는 눈물이 흐르는 건 어찌할 수가 없다.

산이와 함께 할 수 있는 이 시간들이 너무 행복하다. 시간이 지날수록 이 행복의 크기는 더 커져만 간다. 늘어나는 크기만큼 죽음에 대한 걱정 또한 커져간다.

사람들은 반려견이 주인을 닮는다고 말한다. 나는 엄마를 닮았고 산이는 나를 닮았다. 산이는 나의 모든 나쁜 것을 다 닮아 버렸다. 산이가 간암 진단을 받던 날 수의사 선생님께 물었었다. 술은 제가 마신 건데 왜 산이가 아픈 거냐고, 왜 제 간에 생기면 생겼을 종양이 산이 간에 생긴 거냐고, 혹시 제가 술을 마시고 한 뽀뽀 때문에 산이가 이렇게 된거냐고. 아직도 나는 산이의 아픔이 나 때문인 것 같아 이따금 무너질 때가 있다. 산이 생각에 금방 다시 정신을 차리고는 있지만 이성보다 감성이 앞서는 건 어쩔 수가 없나 보다.

한 번씩 산이의 다가올 죽음을 온 힘을 다해 꾹꾹 참아오시던 엄마가 무심코 흘려버리신 진심들은 나를 더욱더 이성에서 멀어지게 만든다.

우연히 보게 된 '004 프로젝트 진심'. 내게는 아주 많은 용기가 필요한 어려운 도전이었다. 하지만 조금이라도 더 많은 곳에 산이라는 소중하고 사랑스러운 이 아이를 기록하고 남겨주고 싶었다. 그러면서 나 또한 지난 추억들을 정리하며 앞으로 산이에게만 집중할 수 있는 그런 계기가 되는 시간이 될 수 있기를 바랐다.

글을 쓰면서 생각보다 많이 울었다. 글을 쓰는 시간보다 한 번 터져버린 눈물을 그칠 수 없어 나를 다독이는 것에 더 많은 에너지와 시간을 쏟았다. 처음 정해졌던 원고 제출 기간도 지키지 못했다. 이것은 말로 표현할 수도, 어떠한 글로도 설명할 수 없는 상상 이상의 고통과 슬픔이었다. 여전히 나는 앞으로 다가올 산이와의 이별이 너무 무섭고 두렵다. 하지만 이제는 이해하고 받아들이고 있다.

언젠가 사무치도록 그리워할 이 보석 같은 순간을 부정만 하다 흘려보내고 후회만 하기 전에 나는 원고를 제출하는 대로 산이와의 버킷리스트를 만들어보려 한다. 함께 하는 여행도 좋을 것이고, 건강을 위해 제한했던 음식도 함께 나누고, 밤새 소리내어 사랑한다 말해주고 싶다.

사랑해, 사랑해, 사랑해.
나보다 널 더 사랑해. 그냥 무조건 사랑해.
더 아낌없이 마지막까지 모든 걸 너에게 줄게.
남은 시간 우리 더 많이 사랑하고 더 많이 행복하자.

에필로그

맨정신으로는 마무리를 할 수가 없어 오랜만에 술을 한 잔 먹고 글을 쭉 훑어보았습니다. 술을 먹고 보아도 오글거리는 건 어쩔 수가 없네요. 글을 쓰는 시간보다 복받친 감정에 터져버린 흘러버린 눈물을 닦느라 쏟아버린 에너지와 시간이 더 많았지만, 그동안 부정하기만 했던 산이의 아픔과 죽음을 마음으로 받아들일 수 있었던 뜻깊은 시간이었습니다.

산이를 키우면서 제 인생은 참 많은 것이 달라졌습니다. 사람들은 제가 산이를 키운다고 표현하지만, 아니요... 가장 힘들고 위태로웠던 어느 날 산이는 기적처럼 나타났고, 산이는 14년을 저와 동행하며 절벽 끝에 서 있던 저를 몇 번이나 안전한 길로 인도하고 위로해주고 다독여주며 함께해주었습니다. 제가 산이를 키웠다기보다는 산이가 저를 키웠다는 표현이 더 바른 표현일 것 같네요. 아마도 제가 너무 속을 썩여서 이제 그만 산이가 편히 쉬기 위해 하늘에 별이 되려는 게 아닌가 싶어요.

아마 '004 프로젝트 진심'이 아니었다면 저는 계속 슬퍼하고 자책하느라 이 소중한 시간들을 흘려보내고 있었을지도 몰라요. 프로젝트에 관련된 모든 분들께 진심으로 감사드립니다.

산이가 떠나고 살아갈 제 인생의 모든 날들은 덤으로 얻은 인생이라 여기고 울고 아파하며 자책하기보다는 음지에서 상처받고 아파하는 천사들을 위해 사랑하고 봉사하며 살아가도록 하겠습니다.

이 글을 보시는 모든 분들, 항상 건강하시고 행복하세요.

이브 엄마 X 이브

이브가 내게 주는 무조건적인

어마어마한 사랑에 비하면 한없이

작아 보일 것만 같은 내 사랑의 크기

Writer

X

이브 엄마
· · · · · · · · · · · · · ·
Instagram : @_eve__diary_

Hyce(하이스)라는 댄서네임으로 활동하며
춤이 1순위인 삶을 살아온 댄서이지만
점점 본업을 잊고 이브가 1순위가 되어버려
본업이 이브 엄마, 부업이 댄서가 되어버린 듯한
삶을 살고 있습니다.

Eve Diary,
내 인생에 너우나도 큰 변화가 생겼다

#Prologue, 〈이브 항목〉

계획 세우는 걸 좋아하고 계획한 일을 하나하나 끝내 가는 맛에 살아가는 나, 파워 J, 일명 계획 변태. 매일 아침 TO-DO-LIST를 쓰면서 하루를 시작하는 게 나의 소소한 행복이다. 나만의 루틴이 이미 정해져 있어서 까먹거나 하지는 않지만, 머릿속으로 시간 분배를 할 때 보기에 편해서 집안일과 같은 사소한 것부터 중요한 것까지 모두 다 적는다. 반복적이고 규칙적인 생활을 선호하는 편이라 매번 달라지는 중요한 메인 할 일 몇 가지 항목 외에는 크게 변함이 없는 나의 TO-DO-LIST.

그런데 나의 TO-DO-LIST에 '영구적인' 새로운 항목이 생겼다. 이름하여 〈이브 항목〉. 아침 식사, 첫 번째 산책, 저녁 식사, 두 번째 산책 등으로 보통 표기한다. 텍스트로 보면 굉장히 간단하고 별거 없는 느낌이지만 매일 나에게 있어 1순위라 항상 신경 쓰이는, 어떻게 보면 부담스러운 항목이다.

가장 중요한 [돈과 직결되는 해야만 하는 일]보다도 더 우선시 하게 되는 〈이브 항목〉의 주인공, 이브와의 스토리.

#제주 탠져린즈 입덕 부정기 ; 그녀의 이름은 레드향

부모님과 함께 짧은 몇 년간 키웠던 반려견 '호동이'와 함께 했어서 반려견을 한 번도 안 키워 본 것은 아니지만 그렇다고 키워 봤다고 하기도 뭐한 초등학교 시절이 있었다. 그 당시 나는 강아지를 매우 좋아했지만 반려견과의 행복한 삶을 위한 공부를 하기엔 너무 어렸고 또한 지금의 유튜브처럼 정보가 많지도 않았다. 호동이는 입양한 강아지로, 심각한 분리 불안을 갖고 있었다. 우리 선에서 나름대로 정말 많은 시도를 해봤으나 달라지는 건 없었다. 그렇게 마냥 행복하지만은 않다는 반려견과의 삶의 현실을 직격타로 느끼며 많은 시간이 흘렀고 몸이 좋지 않았던 호동이는 지금으로부터 한참 전 강아지별로 먼저 떠난 상태이다. 반려견의 정보가 흐르다 못해 넘치는 지금, 분리 불안 등 많은 부분의 교육 방법을 여러 매체로 접하다 보니 그 당시에 내가 알았더라면 얼마나 좋았을까 하는 후회가 밀려왔다. 부모님께서는 이젠 나 하나로도 힘드시다며 호동이가 우리 가족의 마지막 강아지였다고 하셨다. 그러나 강아지를 너무 좋아하는 나는 독립한 후 내가 직접 내 반려견과 맞이할 때를 대비해 경제적인 능력을 키우고, 미리 여러 정보들을 공부해 전처럼 후회가 남는 일은 만들지 않으며 그 누구보다 야무지게 키우겠다고 다짐했다.

그렇게 독립 후 온전히 내 가족을 맞이할 결심을 세우고 시간이 흘러 어느새 독립 후 두 번째 집으로 이사 온 상태. 이제는 내 가족을 맞이할 준비가 되었으나 집 구조가 복층이라는 단점이 있었다. 이번에도 나는 아직 강아지를 집에 들일 타이밍이 아닌가 싶어 미친 듯이 설레던 내 욕망을 잠재우면서 복층이 아닌 세 번째 집으로 이사 갈 미래를 기약했다.

그러던 어느 날, 정말 문득, 요즘 강아지를 입양하려면 어떤 방식으로 진행되는지, 견주로서 어떤 조건이 필요한지 너무 궁금해졌다. 물론 '당연히 지금은 데려오지 못하겠지만 미리 알아 두면 나중을 위해 대비할 수 있으니까'라는 생각이었다. 무언가에 꽂히면 그것에 모든 생각이 휘몰아쳐서 머릿속에 반강제로 미친 듯이 계획이 세워지며 결국엔 실행하고야 마는 내 성격을 간과한 채. 입양, 임보 공고가 올라오는 '포인핸드' 앱을 깐 지 2주가 흐르고 어느새 시간이 날 때마다 앱에 들어가서 구경을 하는 것이 취미가 되어 버린 나를 발견했다. 거의 대부분의 입양 조건이 강아지가 혼자 있는 시간이 많지 않도록 1인 가구는 안 된다는 점이 매우 걸렸다. 어차피 지금은 데려오지도 않을 거지만 벌써부터 견주로써는 탈락인가 싶어 왠지 살짝 우울했다. 그러다 문득 눈에 들어온 한 공고. 포인핸드에서 보이는 느낌의 흔한 사진이 아닌 화보를 찍은 것처럼 곱게 사진을 찍은 깔끔하고 예쁜 강아지의 공고가 있는 게 아닌가? '와, 이렇게 예쁜 강아지도 포인핸드에 올라오네' 하면서 글을 쓱 읽어 보니 뭔 강아지 아이돌 어쩌구 저쩌구하길래 신기한 컨셉이라고 생각하며 넘겼다. 그런데 그날 이후 포인핸드에 들어갈 때마다 저번에 봤던 이 '제주 탠져린즈'라는 컨셉의 예쁜 강아지의 입양 공고 포스터가 새로 고침을 해도 자꾸 올라오길래 슬슬 귀찮음+호기심이 생겼다. 여러모로 신기한 강아지였기에 그런지 다른 일을 하다가도 이상하게끔 종종 그 사진이 떠올랐다. 결국 포인핸드 앱에 들어가서 밑으로 한참 내려간 그 공고를 찾아서 타고 들어가 구조자님 인스타 계정을 정주행하고, 몇 개 없던 유튜브 영상까지 몽땅 보는 지경에 이르렀다. 전형적인 입덕 부정기를 거친 후 잔뜩 팬이 되어 버린 인간의 모습이었다.

사친처럼 굉장히 독특하고 확실한 세계관을 가진 강아지였다. 제주도에 계신 구조자님 두 분과 반려견 금배로 이루어진 귤 엔터테인먼트. 구조자님들은 귤 엔터테인먼트 대표님, 금배는 이사의 직책을 갖고 있어 금배 이사님으로 불렸다. 귤 엔터에는 '노지 감귤즈'라는 그룹명을 가진 성견들로 이루어진 그룹이 있는데, 한 할아버지가 성견들을 고작 1m의 줄에 묶어 놓은 채 쓰레기장 같은 열악한 환경의 마당에 방치해 놓은 상황 속에서 '노지 감귤즈' 멤버인 '감귤이'가 유기견 천지인 이 제주도에 돌아다니는 정체 모를 들개와의 사이에서 '제주 탠져린즈'라는 그룹명의 아가들을 낳은 것이다. 그 당시에는 다행히 많은 아이들이 입양을 가고 '제주 탠져린즈' 멤버 7마리 중 '영귤이'와 내가 공고에서 본 '레드향'만이 입양을 가지 못한 채 가족을 기다리고 있었다.

내가 처음부터 끝까지 일편단심으로 눈에 들어온 레드향은 현실에 찌들어 딱히 운명을 믿지 않는 메마른 내가 '운명이란 이런 걸까'라는 생각이 들 정도로 미친 듯이 집착적으로 파고들게 만든 강아지였다. 지금까지도 의문인 것은 미모도 뛰어나며 동시에 성품과 주변 환경, 응원을 해주는 많은 팬들을 가진 완벽한 아이였음에도 불구하고 형제들 중 마지막까지 입양 문의가 없었다는 사실이다. 하지만 레드향의 존재를 전혀 모르던 내가 레드향을 알게 되기까지 걸린 시간을 기다려 준 것이고 나를 만나려고 그 누구의 입양 문의도 없었던 것인가 싶기도 하다. 이게 운명이 아니라면 도대체 운명은 얼마나 멀고도 대단한 것인가?

　가장 현실적인 부분들까지 괜찮다는 검토 하에 결국 마음의 준비를 했다. 입양 신청서를 제출하기도 전에 이미 내 머릿속은 어떻게 함께 지낼 것이고 어떤 걸 준비해야 하는지 등, 김칫국을 사발로 들이키며 1489번째 시뮬레이션을 돌리고 있었다. 포인핸드 앱에 처음 들어갔을 때의 내 결심은 온데간데 없이 사라지고 미친 듯이 입양 신청서를 써 내려간 후 제출해 버렸다. 참 대단한 자신감이었던 것은 내가 잘 할 수 있을까 라는 생각은 이미 '당연하지'로 끝낸 지 오래였고 '레드향이 너무 유명하니 입양 신청자가 넘쳐 나서 나에게 못 오면 어떡하지?'라는 걱정으로 가득 차 있었다. 입양 신청서를 제출하고 마치 일주일처럼 느껴지던 하루를 보내고, 탈락인가 싶어 망연자실해있을 때 쯤 딱 마침 구조자님과의 연락이 닿았다. 그 뒤로 여러 연락과 영상통화 등으로 소통을 했다. 한창 미친 스케줄을 소화하던 때라 차마 시간을 낼 수 없었지만 잠을 줄여 보기로 하고 파워 J로써는 상상도 할 수 없는 3일 뒤의 제주행 비행기 표와 근처의 좋은 숙소 잡기까지 빨리 레드향을 만나러 가야 한다는 마음 하나만으로 끝내 버렸다. 마침 제주도에 안 간 지도 3년정도 되었길래 여행 핑계도 댈 겸 가서 며칠간 같이 산책하고, 나에게 적응하는 시간을 가진 후 서울까지 오는 코스는매우 완벽했다. 그렇게 제주도에서 구조자님들과 레드향과 함께 인스타를 위한 핫플을 다니던 과거와 달리 제주도 주민이 된 것만 같은 장소들로 온종일 레드향에게 맞춰진 산책 일정을 다녔다. 오전, 점심, 저녁으로 산책을 하고 종일 레드향 얘기를 나누는 유익하고 꿈만 같은 시간이었다. 대망의 마지막 날 밤, 너무 피곤한데도 잠이 오지 않았다. 제주에 올 때는 혼자 왔지만, 내일 서울에 도착하면 혼자의 몸이 아니라니. 자신감 가득했던 과거와 달리 현실이 당장 내일로 닥치니 긴장이 되기 시작했다. 많은 생각들로 뒤엉켜 내가 언제 잠에 들었는지도 모른 채로 대망의 아침이 밝았고, 정신을 차려 보니 벌써 밤이 되어 서울로 같이 오셨던 구조자님도 제주로 돌아가시고 온전히 레드향과 단둘이 우리 집에서 시간을 보내고 있었다. 이제부터 레드향의 가족이자, 주보호자이자, 엄마이자, 언니이자, 가장 친한 친구가 된나. 앞으로 잘 부탁해 레드향, 아! 우리 집에 왔으니 이젠 이브라고 불러야지!

#어쩌면 나보다 이브를 위하는 삶

입양일로부터 5개월이나 지난 현재. 초반에는 예상치 못한 이브의 문제점들과 나이 많은 분들의 각종 시비 등 초보 견주로서의 고난과 역경을 헤쳐 나가면서 눈물을 찔끔거리기 일쑤였으나 다행히 지금은 편안한 안정기에 접어든 지 오래다. 몇 년이 지난 것 같은 편안함이지만 의외로 얼마 지나지 않은 5개월 동안 이브와 함께하면서 정말 많은 것들이 바뀌었다. 어쩌면 모든 게 바뀌었다고 할 수도 있겠다.

일단 제일 큰 변화는 나의 소비 성향. 나는 〈많이 벌고 많이 쓰자〉 주의로 나를 위해 돈 쓰는 걸 좋아하는, 아니 어쩌면 사랑하는 쇼핑광이다. 이런 내가 이브를 데려온 이후 내 옷은 거들떠보지도 않고 이브의 기능성 옷, 리드줄 등 좋은 용품들만 왕창 사면서 귀찮기도 하고 피곤하다는 핑계로 좋아하는 요리는 그만둔 지 오래. 이것저것 시켜 먹으며 끼니를 때우면서 이브는 온갖 영양제 등 건강에 집중된 개 팔자 상팔자 삶을 살게 하고 있다. 외적으로 확인이 바로 되기 때문에 견주에게 즉각적인 뿌듯함과 만족감을 선사하는 산책용품등과는 달리 건강은 변화가 눈에 바로 띄지 않아 굉장히 조심스럽고 어려웠다. 가장 필수적인 식사는 여러 가지를 시도해 보면서 반려견 브랜드들의 레드 오션에 휩쓸려 다니던 초반과 달리 이제는 견주들 사이에서 입소문 난 세세한 브랜드들까지 섭렵하게 되어 주기적으로 구매하는 고정적인 이브의 음식과 영양제들이 생겼다. 요즘에는 지인의 강력한 추천으로 생식과 화식에 대해 알아보면서 이것저것 왕창 구매하는 중이다. 나도 자주 먹지 않는 소고기를 먹는다며 어이 없음 반, 뭔가 모를 뿌듯함 반으로 택배들을 기다림도 잠시, 배송이 오자마자 매우 당황했다. 먹는 것에 진심인 자취생으로서 꽤 큰 냉장고임에도 불구하고 내 냉동 칸은 매우 꽉꽉 차 있다는 점을 잊고 있었다. 고민도 잠시 역시 이브 생식이 더 중요하다며 냉동고 한 칸을 모두 버려 버리고 이브 것들로 바꿔 넣었다. 굉장히 아깝다가도 나야 알아서 잘 지내니 이브만 건강하게 자랄 수 있다면 뭐든 못하리. 아깝지 않다! 이 정도의 소비는 뒤에 나올 소비에 비하면 매우 귀엽다고 할 수 있을 것 같다.

소비의 끝판왕이 남았다. 바로 차. 서울에 살기 때문에 운전은 당연히 사치라 생각해서 운전면허조차도 딸 생각을 안 했었는데 이브가 함께하니 이동하는 것도 너무 불편하고 지역도 한정적이라 올해 안에 꼭 운전면허를 따서 이른 시일 내에 최대한 능력을 발휘해 차를 구매해야겠다는 결심에까지 이르렀다. 가뜩이나 인간의 욕심은 끝이 없는데, 내 자식만큼은 세상에서 제일 건강하고 행복하게 해 주겠다는 견주로써의 욕심까지 더해지니 종종 이러다가 정말로 거덜 날지도 모르겠다는 생각을 하는 요즘이다.

두 번째로는 나의 활동 범위이다. 사진 찍으러 돌아다니는 걸 매우 좋아하는 편이라 인스타 핫플 등 예쁜 곳을 찾아 다니는 것을 좋아했던 나. 지금은 인간들의 인스타 핫플이니 예쁜 옷이니 다 필요 없고 반려동물 동반 카페나 이브랑 산책하기 좋은 곳, 편하게 놀기 좋은 애견 운동장 등을 알아보는 데 혈안이 되어 있다. 더 나아가 이브와의 여행을 위해 반려견 동반숙소나 펫캉스가 가능한 호텔을 찾아보는 중이다. 심지어 물을 굉장히 사랑하는 내가 인간들의 워터파크는 커녕 친구 강아지와 주구장창 강아지 수영장만 가는 중이다. 당연히 내 짐은 그저 갈아입을 여벌 옷뿐이고 이브 수건, 샴푸, 가운, 구명조끼, 방수 리드줄 등 이브 짐만 한 보따리로 싸서 말이다. 이외에도 지금껏 많은 경험을 해봤지만 지금도 어이없는 부분은 우중 산책이다. 실외 배변을 하는 반려견을 키우고 있다면 비가 오나 눈이 오나 밖으로 나가야 한다. 이브는 전용 우비를 입고, 나는 비가 조금 오면 그냥 맞기도 하고 가끔은 우산, 그리고 보통은 우비를 입고 나간다. 강아지와 인간이 둘 다 우비를 입고 빗속을 돌아다니니 신기하다는 듯한 사람들의 시선이 굉장히 부담스러웠다. 그러나 시간이 지나면서 사람들의 시선이고 뭐고 오히려 빗속 산책을 즐기고 있는 나를 발견할 수 있었다. 살면서 이렇게 비가 많이 올 때 뽀송한 실내에 있으면 있었지 굳이 내가 자의적으로, 심지어 초등학교 이후로 입어 본 적도 없는 우비를 입고 밖을 이렇게 돌아다닐 일은 없다. 낭만보다는 이성을 중시하는 나이기에 더더욱 비를 맞는 걸 즐기며 밖을 돌아다닌다? 그저 영화에나 나오는 이야기라고 생각했는데... 사람이 이렇게 변할 수도 있구나 싶었다.

마지막으로는... 집순이가 되었다. 보통 내 스케줄이 끝나면 남는 시간에 내 취미 생활을 즐기거나 친구들과 만나서 노는 편이었는데 실외 배변을 하는 중형견으로 인해 친구를 만날 수 있는 나의 여가 시간에 쉬기는커녕 이브와의 산책을 강행해 체력이 남아나질 않는다. 하루에 필수적인 활동량이 꽤나 많은 중형견이고 아직 체력이 남아도는 10개월 강아지이기에 산책이라기보단 운동에 가까운 것 같기도 하다. 당연히 체력이 늘기는 했으나 비례한 그래프로 피로도도 같이 늘어서 당장이라도 몸살이 올 것 같지만 의외로 몸살은 오지 않는 신기한 현상을 겪고 있다. 집에서 딱히 뭔가를 하지 않아도, 이브랑 함께 있는 것만으로도 재밌고 행복한데 매번 피곤하기까지 하니 예전처럼 밖에 나가 노는 게 썩 달갑지 않을 수밖에.

  강아지를 좋아하지만 그들의 깊은 세계는 잘 모르던 나. 끝나 가는 줄 알았는데 아직도 펫샵이나 가정 분양을 통해 강아지를 데려오는 사람이 많구나, 이런 이상한 사람도 개를 키우는구나, 많은 분들이 강아지들을 구조하고 케어해주시는구나, 이런 식으로 도움을 줄 수도 있구나, 개를 키우면 이런 화나는 상황들도 생기는구나 등 이브를 만난 후 시야가 더 넓어지고 정말 개를 키워 보지 않으면 평생 몰랐을 많은 것들을 깨닫게 되었다. 또 이브 덕에 조금은 막연했던 과거와 달리 요즘엔 좀 더 명확해진 목표가 하나 더 추가됐다. 도움이 필요한 생명들에게 경제적이든, 목소리를 내든 큰 힘을 보탤 수 있는 능력 있는 사람이 되고 싶다는 생각이 들었다. 이런 생각을 하면서 느낀 건, 나에게 많은 영향을 끼치는 걸 떠나서 많은 것을 바꿔 버리는 대단한 생명체다, 우리 이브.

#현재 진행형 [-ing]

 생각도 하기 싫지만 이브의 견생은 나에 비해 너무 짧다. 아직 이브와 지낸 시간보다 앞으로 함께할 시간이 더 많으니 나중 일은 나중에 생각해야지. 지금은 이브에게 더 넓은 세상을 경험시켜 줄 계획만으로도 바쁘고 정신 없을 예정이다. 자신 있게 데려왔지만 세상에 역시 완벽한 건 없다고, 나 역시도 부족한 부분이 많은 견주다. 이브를 만나고 많은 것을 포기하기도 하고 체력적으로, 정신적, 경제적으로도 많은 걸 쏟아붓느라 지치기도 했지만 나 또한 이브를 그 어떤 것과도 바꿀 수 없고, 쉽게 말로 표현하기 힘든 정말 큰 사랑, 위안을 얻고 경험을 하는 중이다. 이제 이브가 없는 삶은 상상조차 할 수가 없을 지경이다. 이브가 내게 주는 무조건적인 어마어마한 사랑에 비하면 한없이 작아 보일 것만 같은 내 사랑의 크기. 부족한 점이 많지만 내가 더 잘할게. 평생 건강하고 행복길만 걷자. 앞으로도 잘 부탁해 내 딸래미. 내게 온 선물, 그리고 이젠 내 전부, 이브야.

꼬기　　　　　　　콩　　　　　　　코미

동물을 사랑하기 전까지는 영혼의 일부가
깨어나지 못한 채 남아 있다.

＿ Anatole France

모찌

꼬야　　　　　　　산이　　　　　　　랑이

이브　　　　　　　네롱　　　　　　　식빵

돼지　　　　　　　가루　　　　　　　처음

$$Epilogue$$

　내가 나의 강아지와 고양이에 대한 애정 가득한 글을 쓰는 동안에도 동물을 학대하고 유기했다는 기사가 하루가 멀다 하고 상위 랭킹에 올랐다. 사람이 동물에게 얼마나 잔인한가. 기사 제목을 보는 것만으로도 동물들에게 미안하고 죄스러운 마음이 드는 세상이다.

　그럼에도 불구하고, 빛나는 생명의 눈동자를 지키고 사랑하는 사람들은 분명히 어디에나, 언제까지나 있다.

　제각기 다른 방식으로 우리를 찾아온 생명들. 그 별들은 우리를 웃게 하고, 울게 하고, 반짝이게 한다. 함께 할 때는 삶의 전부가 되고, 떠난 후에는 마음의 일부가 되어 영원해지는 너희를 어찌 사랑하지 않을 수가 있을까.

　열 개의 별 같은 이야기를 읽으며 나는 확신한다. 우리는 마음으로 통하고 있다는 것을. 작은 생명들이 제 몫의 반짝임을 다할 수 있는 세상은 분명히 오리라는 것을.

_ 〈우린 마음으로 통해〉 작가, 슬

우리의
가족이
되어주세요

다복 남아, 6살

콜리네 얼짱 담당 다복!
남자에겐 아직 낯 가리
지만, 나는 꽤 늠름한 댕
댕! 말티즈 인듯 말티즈 아
닌 말티즈 같은 너...? 품
종이 뭐 상관이야 이쁘면
됐지~

콜리네 천사들

경상남도 김해시에 위치한 사설 유기견 쉼터.
상주인이 없어 365일 봉사자, 후원자들만으로
관리 되는 곳이다.

후원 : 부산 101-2036-8295-00 콜리네

인스타그램 : @collie_house
네이버 밴드 : 콜리네 천사들
네이버 카페 : 콜리네 천사들

진영 여아, 3살

이렇게 이쁜 누렁이 봤어?
2020년 겨울, 김해의 한
공설 운동장에서 임신한 채
로 구조된 진영이. 흰 양말
이 매력 포인트라구요.

윙크 남아, 4살

윙크는 한 윙크하지~
윙크는 웃는 게 정말 이쁜 아이에요. 비록 한 쪽 눈이 없더라도 새가족과 함께라면 더 넓은 세상을 느낄 수 있어!

행운 남아, 3살

왕 크니까 왕 귀엽다 ~! 궁디팡팡을 좋아하는 행운이에요. 북극곰과 100% 유사한 외모를 가진 귀염둥이! 행운이에게 빠질 입구는 있지만, 출구는 없음~

장금 여아, 6살

콜리네에 대장금이 있다? 장금이의 뽀인트는 바로 엎드리면 생기는 허리의 하트 무늬♡ 장금이는 사람 좋아! 눕는 거 좋아!

동건 남아, 6살

나날이 발전하는 동건!
겁이 많은 동건이지만, 조금씩 마음을 열어 이젠 겁쟁이가 아닌, 사랑둥이가 되어가는 중 :)

반려동물을 키우기 전에
생각해 보셨나요?

1. 개와 고양이의 평균 수명은 15년입니다.
   긴 시간 동안 함께 할 수 있을지 신중히 생각해 주세요.

2. 수많은 비용이 들어갈 거예요.
   그들 평생의 식비와 병원비, 그 외 각종 비용을 감당할
   수 있을지 고민해 보세요.

3. 설마 그들을 혼자 집에 내버려 두시려고요?
   당신이 생각한 것보다 그들은 훨씬 많은 보호자의 애정
   과 에너지를 필요로 한다는 것을 알아주세요.

4. 반려동물에게 훈련은 선택이 아닌 필수입니다.
   동물이 사람과 함께 평생을 살아가는 데에는 기본적인
   훈련이 필요합니다. 인내심을 갖고 그들을 교육할 여유가 있
   나요?

유기 동물을 발견했을 때는
어떻게 해야 하죠?

1. 동물보호 복지콜센터 1577-0954로 신고해 주세요.
   센터에서 각 관할 지자체(시, 군, 구청)에 신고 내용을 접수

2. 각 관할 지자체의 유기 동물 담당 부서에 신고해 주세요.
   담당 공무원과 연계된 동물구조단체들이 유기동물을 구조하기 위해 출동

3. 직접 유기 동물 보호소나 동물병원으로 이송해 주세요.
   본인에게 무리가 가지 않는 선에서. 상처를 입은 동물일 경우, 난폭할 수 있으니 주의

우리의 작은 실천 하나가 119 구조대에게 5분의 쉬는 시간을,
유기 동물에겐 더 나은 치료를 받게 할 수도 있습니다.

우리는 항상 이 자리에서
당신의 진심을 기다리겠습니다.
당신의 이야기를 들려주세요.

우린 마음으로 통해

ⓒ 프로젝트 진심 2022
Email : bhy0157@naver.com
Insta : @haileywillbe

발 행 | 2022년 09월 20일
저 자 | 난나니, 김가빈, 돼지&네롱&처음맘, 두나, 꼬꼬옹티, 이참새, 박수연, 슬,
이브 엄마, 수진

디자인 | 박현정 (내지), 좁 (표지)
펴낸이 | 한건희
펴낸곳 | 주식회사 부크크
출판사등록 | 2014.07.15.(제2014-16호)
주 소 | 서울특별시 금천구 가산디지털1로 119 SK트윈타워 A동 305호
전 화 | 1670-8316
이메일 | info@bookk.co.kr

ISBN | 979-11-372-9541-4

www.bookk.co.kr